KAIQI SHENGMING DE
ZHIHUI

开启生命的智慧

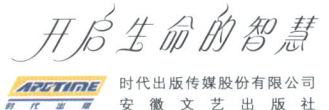
时代出版传媒股份有限公司
安徽文艺出版社

陈 公 ◎ 著

　　陈公,学者,心理学家。代表作有《人格模式心理学》《会心不远》等,多部著作输出至海外。

KAIQI SHENGMING DE
ZHIHUI

开启生命的智慧

陈 公 ◎著

时代出版传媒股份有限公司
安徽文艺出版社

图书在版编目（ＣＩＰ）数据

开启生命的智慧/陈公著.—合肥：安徽文艺出版社，2023.6
ISBN 978-7-5396-7691-3

Ⅰ．①开… Ⅱ．①陈… Ⅲ．①散文集－中国－当代 Ⅳ．①I267

中国国家版本馆 CIP 数据核字(2023)第 010053 号

出 版 人：姚　巍
责任编辑：宋潇婧　　　　　　　　　装帧设计：张诚鑫

出版发行：安徽文艺出版社　　www.awpub.com
地　　址：合肥市翡翠路 1118 号　邮政编码：230071
营 销 部：(0551)63533889
印　　制：合肥创新印务有限公司　(0551)64456946

开本：880×1230　1/32　印张：4.875　字数：70 千字
版次：2023 年 6 月第 1 版
印次：2023 年 6 月第 1 次印刷
定价：36.00 元

(如发现印装质量问题，影响阅读，请与出版社联系调换)
版权所有，侵权必究

目录

心理

人的品类 / 003

认识你自己 / 008

关键是你做了没有 / 014

打开你的心门 / 019

粗糙和混沌 / 025

友善利己　宽容利他 / 030

尽早冲出心灵的舒适区 / 035

自然存心　和而不同 / 041

仁者自爱　智者自知 / 046

想到

  随文入观　请跟我来／053

  下河了，别忘了上岸／056

  幸福的迷惑／060

  真相与距离／063

  人的烦恼为什么那么多／069

  心中有灯　自然不同／073

  自然最美　天下大同／078

  开启生命的智慧／082

感悟

  选择性失忆／089

  故乡／093

  又见清明／097

  火车就要开／102

  镜相／107

  人的谶语／110

  一花一世界／113

  人人皆可为尧舜／116

世相

　　爱情向左　婚姻向右 / 125

　　婚姻中的信任 / 129

　　如何建立与自我的连接 / 133

　　家庭的互利互生 / 137

　　我们该如何定义爱 / 141

　　给孩子一个幸福家庭 / 144

　　用爱的心灯点亮孤独 / 147

心　理

人的品类

孙子曰："知己知彼，百战不殆。"知己为立世之本源，知彼决定立世之成败。

人生存在社会中，首先得学习适应社会，难以生存就无法谈也无意义谈成为至尊之人。从某种角度说，创造性的适应能力是最大的能力。要想成功并立于不败之地，游走于社会之中，就要认真正视修己和研究怎么择人。

当然，自身的修养决定一个人的品位和构架，加强自身的修养是人生的基石。但如何摆正这个基石，既需要自我提炼，更需要他人的辅佐和拥护。而如何择人，则须放在我们践行人生价值的每一个过程中，以达到自我的体现和价值的影响。

物以类聚，人以群分。古往今来，在历史长河的洗涤下，经过人们的不断认识，对人的品类有了基本的概括。

圣人者，大公无私，德与才齐，如释迦牟尼、老子、孔子等。

贤人者，公而忘私，德高于才，如管仲、乐毅等。在我们的人际交往中，不乏此类人，虽不比管仲、乐毅，但这样的人的德行值得品味。此类人必择，与其相交，可以增长才学及德行，以助自己于立身。

好人者，与人为善，先公后私。

小人者，损公肥私，无过人之才，缺德少行。有时候，伪装的善良比真实的凶残更可怕。

恶人者，假公济私，才高于德，阴险狡诈，无恩无德，必不可交。此类人会败人大事，让人狼藉，甚至危人性命。

愚人者，头脑简单，近似愚钝，可成事也可败事，可用而不可交。

我们对人的品类的认知，取决于思维和自我的掌控。而思维和掌控的能力更是要受到自己所处的空间的约束。

现实生活中，判断人的品类，看圣贤言行于明，小人、愚人轻而易见，唯恶人鬼行于阴，难以明察。

少正卯与孔子同时，煽惑孔门弟子，直欲掩孔而上之，孔子之门人三盈三虚。孔子为大司寇，戮之于两观之下。子贡不解，曰："夫子诛之，得无失乎？"孔子曰："人有恶者五，而盗窃不与焉。一曰心达而险，二曰行僻而坚，三曰言伪而辩，四曰记丑而博，五曰顺非而泽。此五者有一于此，则不免于君子之诛。而少正卯兼之，此小人之桀雄（恶人）也。"

圣人之所以这么做，可想恶人之危害。

人生方向是向上向善，人的言行是在一定的空间约束下，由自身的世界观和价值取向支配的，而每个人的世界观和价值观都存在着差异。分析人或事的出发点及最终结果，在客观存在的影响下，可以修正和调整自身的目的。因为任何人都无法走进别人的世界，更无法代表谁来诠释对人、对事的思维言行。

正如惠子和庄子的对话，惠子曰："子非鱼，安知鱼之乐？"庄子曰："子非我，安知我不知鱼之乐？"

当然，不管认知如何，我们每个人的思维无时无刻不晃动着别人的影子，他人和自我一起参与塑造我们的人生。每个人都应正视永远存在一种超出自己想象的可能性存在，而这种存在并不为自己的意识所转移，所以进入社会，需合理定位自己，认清真理存在的主流，不可以把看人与事的原点固定在自身，亦不可以把处世的维度限定在已定的认知。因为谁都不是全部，更无法涵盖全部。更多时候，我们还需要借助外界的力量，团结能人做大事，团结好人做实事，团结坏人不坏事。

鹰立如睡，虎行似病。不知道自己走向何方的人，大都是人生的匆匆过客。把握时间观念，同认识一个人一样，相见易，相识难。聪明与智慧的区别是前者只能看到事物的表象，而后者却可以洞察事物的内涵。就如同人在水中时天生就有上浮的趋势，只有通过努力才能达到水底，越往深处潜，阻力就越大，也越孤独，进行思考也是这样。正如维特根斯坦所说："要根除一个人身体上的疾病，归根结底是要改变他的生活方式；要根除哲学思考上的痼疾，也只有通过改变思考方式；而医治一个时代的病症，则要改变人类整体的生活方式与思考方式。"

认识你自己

有这样三位年龄都在三十岁左右的求职者，他们均为名牌大学电子工程系毕业生，从事本专业工作都超过了八年，专业水平也在伯仲之间。一老总看过他们的资料后，觉得这几位都是公司急需的人才，不过他只想招收一位求职者。

想想看，知道老总录取了谁吗？

在同等条件的求职者中，老总毫不犹豫地录取了每个月都须还房贷的大李。老总认为，大李每个月都有还款压力，他工作起来肯定卖力，而且会很珍惜这份工作，一切"稳"字当头,不会轻易跳槽。

如果遇到这样的老板,你若是大李,你又做何选择?

良马遇伯乐,自然是佳话,进入社会,找对人,才能做对事。对于员工如此,对于企业管理者来说,亦如此,所谓双向选择,道理也在于此。但仅仅用员工的难处来留住员工,更多时候只是老总们的一厢情愿。对优秀人才的选拔总会有一番不寻常的程序和方式,优秀人才对自我的认识、了解和把握也总是充满着自信和矛盾,是否能够达到彼此间的水乳交融,也就在于彼此间各自想要的东西里面有没有最大公约数,古往今来,莫不如此。

《战国策·燕策》里记载了筑黄金台择人的故事。燕昭王一心想招揽人才,振兴燕国,为此问政于智者郭隗,并最终采纳了郭隗的建议,搭黄金台,置千金于上以广揽人才,结果造成了"士争凑燕"的局面。投奔而来的有魏国的军事家乐毅,有齐国的阴阳家邹衍,等等,燕国因此成为战国七雄之一,一报齐国灭燕国之仇。

黄金台,又称招贤台。诗人陈子昂就为此讴歌:

"逢时独为贵,历代非无才。隗君亦何幸,遂起黄金台。"后来效仿者众,诸葛亮就曾筑高台于成都之南,以延四方之士。大明开国皇帝朱元璋也在"招贤榜"上写道:"贤人君子,有能相从立功者,吾礼用之。"

张贴"招贤榜"与"筑黄金台",如同孙武所说"择人任势"。现在的一些报纸、杂志、电视、网络上登载招聘启事时常可见重金礼遇,有志者这时不去积极把握,踊跃一试,还待何时?

当然,把握机遇,还得从了解自我开始。我是谁?我从哪里来?又要到哪里去?从古希腊德尔菲神庙的阿波罗殿前的柱子上所刻的古希腊哲学家苏格拉底的一句震撼人类灵魂的名言"人啊,认识你自己"起,人们就开始问自己这些问题,然而都没有得出令人满意的结果。正因为如此,人常常迷失在自我当中,很容易受到周围信息的暗示,并把他人的言行作为自己行动的参照,从众心理便是典型的证明。即便如此,人从来没有停止过对自我的追寻。今天,正确"认识你自己"的兴趣、能力、激情、欲望、压力、好恶、理想……并把这种对你自己的认识，融化、灌输到你在人生道路的追求与奋斗之中，是决定你事业成败、生活质量、人生价值的核心要素。

心理学家把对个人的了解放在一个坐标中加以分析。横轴的正向表示别人知道，负向表示别人不知道；纵轴的正向表示自己知道，负向表示自己不知道。自己知道别人也知道的部分，称为"公开我"，属于个人展现在外、无所隐藏的部分。这个区域的大小视对方对你了解的多少而定。自己知道别人不知道的部分，称为"隐私我"，属于个人内在的私有秘密部分。我们自己的秘密、弱点都不想让人知道，除非这个人值得你信任，所以这个区域的大小是由个人对他人的信任程度而定，愈能信任的人，隐藏区就愈小。自己不知道别人也不知道的部分，称为"潜在我"，是有待开发的部分。这个区域有多大是个未知数，经过自己的省思和特殊的机遇，我们可能会有所顿悟，发现自己的潜能或潜藏的一些特质。有些部分可以通过心理测量工具来开发，有些部分可能是永远都不会察觉的。自己不知道而别人知道的部分，称为"脊背我",也就是所谓的盲点,通常是自己不自觉的瑕疵或怪癖、习惯等缺点。有自知之明、常常自我反省的人,这个区域比较小。虚心接受他人指点是缩小盲点区域的有效途径。"潜在我"是影响一个人未来发展的重要因素,因为每个人若能够发挥一般的大脑功能,将能轻易地学会40种语言,背诵整套百科全书。苏联著名心理学家奥托指出:"一个人所发挥出来的能力,只占他全部能力的4%。

"你很需要别人喜欢并尊重你。你有自我批判的倾向。你有许多可以成为你优势的能力没有发挥出来,同时你也有一些缺点,不过你一般可以克服它们。你与异性交往有些困难,尽管外表上显得很从容,其实你内心焦急不安。你有时怀疑自己所做的决定或所做的事是否正确。你喜欢生活有些变化,厌恶被人限制。你以自己能独立思考而自豪,别人的建议如果没有充分的证据你不会接受。你认为在别人面前过于坦率地表露自己是不明智的。你有时外向、亲切、好交际,而有时则内向、谨慎、沉默。你的有些抱负往往很不现实。"

这是一顶套在谁头上都合适的帽子。你是否觉得也很适合你呢？

军事家乐毅和阴阳家邹衍读懂了燕王重用郭隗，释放筑台纳贤的心理暗示，因而和燕王之间通过彼此需要而进行了良好互动，很好地把握了放大自我价值的机会，因而能够成就千古美名。

关键是你做了没有

夏季的一个傍晚，天色还早。一位智者到寺外散步，他看到，在一片空地上，有一个十岁左右的小男孩和一个妇女。那孩子正用一把做得很粗糙的弹弓打一只立在地上、离他有七八米远的玻璃瓶。那孩子有时会把弹丸打偏一米多，而且忽高忽低。智者便站在他身后不远处，看那孩子打瓶子，因为他还没有见过打弹弓这么差的孩子。

那位妇女坐在草地上，从一堆石子中捡起一颗，轻轻递到孩子手中，安详地笑着。那孩子便把石子放在皮套里，打出去，然后再接过一颗。

从那妇女的眼神中可以猜出，她是那孩子的母亲。

那孩子很认真，屏住气，瞄很久，才打出一颗。但智者站在旁边都可以看出，他这一颗一定打不中，可是他还在不停地打。

智者走上前去，对那母亲说："让我教他怎样打好吗？"

孩子停住了，但还是看着瓶子的方向。

他母亲对智者笑了一笑："谢谢，不用了！"

她顿了一下，望着那孩子，轻轻地说："他看不见。"

智者怔住了，半晌，才喃喃地说："噢……对不起！但他为什么要这么玩？"

"别的孩子都这么玩。"

"呃……"智者说，"可是他怎么能打中呢？"

"我告诉他，总会打中的。"母亲平静地说，"关键是他做了没有。"

智者沉默了。

过了很久，那男孩儿的频率逐渐慢了下来，他已经很累了。

他母亲并没有说什么,还是很安详地捡着石子儿,微笑着,只是递的节奏也慢了下来。

智者慢慢发现,这孩子打得很有规律。他打一颗,向一边移一点,打一颗,再移点,然后再慢慢移回来。他只知道大致方向啊!

过了很久,夜色笼罩下来,智者已看不清那瓶子的轮廓了,便转身向来时方向走去。

走出不远,智者突然听到身后传来了清脆的瓶子碎裂声。

许多人进入社会以后,目标不明确,意志不坚定,好高骛远,得陇望蜀,实属不智。而客观正确地了解自己,认清目标,用对方法,全力以赴,才是成功之道。

"毛遂自荐"的典故,很多人耳熟能详。公元前257年,秦国攻赵国,赵平原君赵胜求救于楚,需找二十人同行,得十九人,尚少一人。这时毛遂来自荐了。《史记》载:"毛遂入,按剑迫楚王,说以利害,致楚王立定合纵之约。"毛遂这一成功使十九人碌碌羞惭,赵胜也不得不承认自己当初对毛遂下逐客令是"不善相士"，赞"毛先生以三寸之舌，强于百万之师"，并尊其为上客。

通过令人自荐而择人，作为广开才路一法，是不平常之法。自荐者需要勇气，没有强烈的事业心与责任感，没有自己的才与能，没有敢冒风险与世俗偏见斗争的勇气，谁敢去充当脱颖之末？作为自荐者，必有非凡之胆识，才有非凡之作为。当然，如果领导没有一定的德与才、气度与眼力，是识不了毛遂的。毛遂是被平原君小觑过的，是被同行的十九人讪笑过的，但是，结果改变了一切。作为领导者，要开辟自荐渠道，要允许自荐者显示才华，允许自荐者作非凡之想。在人们议论其短长，嫉妒之风攻击他时，要敢于保护自荐者的脱颖精神。

如果毛遂在紧要关头尚不能自荐，如果你在前进路途中突然止步，就会出现心理学里所说的"半途效应"。"半途效应"意指在自我激励过程中达到半途时，由于心理因素及环境因素的交互作用而导致的对目标行为的一种负面影响。而人的目标行为的中止期多发生在"半途"附近，在人的目标行为过程的中点附近是一个极其敏感和脆弱的活跃区域。导致"半途效应"的原因主要有两个：一是目标选择的合理性，目标选择越不合理越容易出现"半途效应"；二是个人的意志力，意志力越弱的人越容易出现"半途效应"。行为学家提出了"大目标、小步子"的方法，对防止"半途效应"的发生具有积极的意义。

其实，一个对自己有所了解并且积极肯定自己的人，如果真正深信某件事会发生，则不管这件事是善是恶、是好是坏，这件事就一定会发生在这个人身上。比如毛遂深信积极的事物一定会发生在自己身上，积极的事物就一定会发生。

你可以输给任何人，但不能输给自己。更多时候，面对问题的态度和所运用的方法，决定了事情结果的最终呈现方式。

打开你的心门

有一个人,每到晚上都会做一个梦:自己走在很长的走廊上,走到尽头时,出现了一道门,看见门他全身发抖,直冒冷汗,不敢打开门。就这样,二十年来他每晚都做同样的梦,也找心理医师治疗了二十年。

后来他换了心理医师,也把梦的情形跟医师说明。医师觉得很奇怪,跟他说:"你为什么不把门打开看看呢?最多只是一死而已嘛!"

这人想想很有道理,于是当晚在梦中他便鼓起勇气把门推开了。

隔天,他去找心理医师。医师问他:"门打开了吗?"他点点头回答:"打开了!"医师问:"门后有什么呢?"他说:"打开门后,眼前是绿油油的草地,还有灿烂的阳光、斑斓的舞蝶……"

有很多朋友的人,他们可以打开自己的心灵之门,接纳别人的善意友好,接纳别人的关心和温暖的双手,也对人敞开心扉,吐露自己的真实想法,让别人能了解自己、理解自己。在心和心如小溪流水一样的交流中,任友情的暖流缓缓流淌在朋友之间,温暖了别人,也滋润了自己。

一个人如果习惯了躲在心门背后,在别人看来也许是个心静如水、淡定从容的人,又或许是一个孤芳自赏、冷若冰霜的人,于他自己,没有推心置腹的挚友,却有排解不开的孤寂和伤感,画地为牢。

心量狭小,则多烦恼;心量广大,智慧丰饶。美国天文学家罗威尔说过:"疑心夺走众多欢乐,却不还给我们任何东西。"

进入社会,找对自己的专长,才能相信自己的能力。

当你付出的劳动没有得到金钱和物质上的回报时，一定可以得到等值的精神愉悦。良好的健康状况和由之而来的愉快情绪，是幸福的最好资金，实现明天理想的唯一障碍仅仅是今天的疑虑。而解决疑虑最好的方法是找对自己的方向，择己而为，了解自己又必须建立在增加自信的基础之上。

☆ 关注自己的优点，多多益善，这样有助于你进入社会后提升从事这些活动的自信且效果良好，心理学称之为"自信的蔓延效应"。

☆ 信心是照亮成功的阳光。"我能行！""我很棒！""我能做得更好！"生活中，我们还需要不断对自己进行正面心理强化，避免对自己进行负面心理暗示。

智者不为打翻的牛奶哭泣，愚者常常拿过失处罚自己；智者克服自卑，愚者被自卑俘虏；智者对生活充满热忱，愚者缺乏激情；智者为最坏的结果做准备，愚者凡事总往最坏处设想。

☆ "近朱者赤，近墨者黑。"跟人学人，跟样学样，孟母三迁不是没有道理。

☆ 保持整洁、得体的仪表，树立自信的外部形象，练习正视别人，行路目视前方，等等，皆有利于增强一个人的自信。

☆ 谦虚永远是必要的，但谦虚过度，过分贬低自己，则对自信心无益。抓住机会展现自己的优势、特长，同时注意弥补自己的不足，扬长避短，不断进步，才能进一步增强自信。

☆ 通过日记或写作记录，可以对情绪和生活进行梳理，更加真实地体验自己的内心情感，从而缓解紧张、焦虑情绪，正确认识和评估自己，进行肯定和鼓励，增强自信心。

☆ 身体的动作是心灵活动的结果。借着改变姿势与速度，可以改变心理状态。

☆ 从积极的角度看，尽量当众发言，这会增强信心并获得成长的机会。同时，微笑和适时大笑是医治信心不足和消弭纷争的良药。

☆ 很冷静地观察自己内心的情况，而后毫无隐瞒地说出观察结果，这是实验心理学之祖威廉·冯特所提出的内观法。如果我们把时时刻刻都在变化的心理秘密，毫不隐瞒地用言语表达出来，相应地也就没有产生烦恼的余地了。

☆ 不同的语言表达可将相同的事实完全改观，而且也给人以不同的心理感受。在任何情况下，只要常用有价值的措辞或肯定的语气叙述法，则可以将同一个事实完全改观，驱除自卑感，而令人愉快。

☆ 自信会培养自信。自己对对方的态度同时也是对自己的态度。喜欢一个人，相应地，也会喜欢自己，然后也会克服对他人不必要的恐惧。一次小成就会为我们带来自信。做自己做得到的事时，个性会显现出来。与其极欲恢复自我的形象，不如找出现在可以做的事，知道应该做的事，然后加以实行，就可以从自我的形象中获得解放。

只要不完全是肉体上的操劳，一次一次地进行科学的分解并达成目标会带给人更多的动力。每达成一个阶段的目标，都会产生新的动力，然后就会激发达成终极目标所需要的动力。延迟满足的能力使一个具有高心理素质的人更懂得生活中最好的奖励往往来得最迟，这需要我们有内在动机，而不是外在动机。

人不能控制过去，也不能控制将来，人能控制的只是此时此刻的心念、语言和行为。如果人总是悼念过去，就会被内疚和后悔牢牢套在想改变的往事中无法解脱；如果人总是担心将来，这种担心就会把人不希望发生的情况吸引进现实中来。

一个健全的灵魂，会向往自己能够做到的事，不管命运好也罢、坏也罢，只管积极专注于调整好目前的思想、语言，做好当下的事情，则命运会在不知不觉中向好处发展。

粗糙和混沌

现在的课堂理论教给我们一些企业管理的战略,如市场营销、产品开发、人力资源管理、客户服务等等。进入社会,你也有许多实习的机会。是不是一下场,那些你学过的理论、方法、技巧便无影无踪了呢?尽管偶尔也会有灵机一动、奇思妙想的机会,但更多的时候会不会容易受挫呢?

你不断地失误,不断地下决心改正,不断地后悔,但还是不断地在不同的时间和不同的地点犯着同样的错误。当然,你有一颗上进的心,也希望把工作做好,希望每天都有进步，每项工作都能命中目标。因此，你不断地学习，不断地修错，但遗憾的是结果还是不能如你心意。

思想需要想象力，就像运营一家企业，要想成功，离不开对企业远景的规划，更离不开脚踏实地、精益求精的行动力！那么，如何学会在错综复杂的市场中看清你前进的道路？如何把握你执行的力度和速度呢？

是什么使沃伦·巴菲特成为世界上数一数二的投资者？我们自以为知道答案：每个人都有从事其最后成功的事业所需要的天才。正如巴菲特不久前对《财富》杂志记者所说的，他生下来就知道怎样利用资本。但这种概率只有百万分之一。

事情其实没有那么简单。首先，不是每个人都具备从事某项工作的天赋，因为不存在目标明确的天赋，更不是每个人就是天生的公司总裁或者天生的象棋大师。一个人只有通过多年大量勤奋的工作，才能取得巨大成功。不仅仅是努力工作，而且是做某种非常困难和艰苦的工作。例如，巴菲特以有条不紊和长时间研究潜在的投资目标的财务报表而出名。缺乏天分没有关系——天才与建立伟业没有多少关系或者根本没有关系。这里讲的天才不是指聪颖或者个人特征，它指的是天生具备的把某种事做得特别好的能力。

心理学研究人员通过对许多领域的出类拔萃者的连续观察发现，不努力，谁都不会取得杰出的成就，甚至最有才华的人也需要大约十年的勤奋努力才能成为世界级的人物，研究人员把它称为十年定律。

许多人辛苦数十年，仍然未能取得杰出成就，甚至没有取得重大进步。那是缺少了什么？任何领域的佼佼者都是那些把大部分时间用于被研究人员称为"有意识地练习"的人。这种活动具有提高水平的明确目的，有超越自己能力的目标，提供对结果的反应，涉及高水平的重复练习。

在许许多多领域都可以找到这方面的证据。在外科手术、保险推销以及几乎所有体育项目上也都是这样。

有意识的练习越多，干得越好。大量有意识的练习会带来超群、出众的表现。科学和趣闻中的证据似乎完全支持有意识地练习是杰出表现之源的观点。商业中的陈述、谈判、评估、分析财务报表这些都可以练习,但它们不是创造优异经营业绩的最根本的因素。要取得杰出的业绩,就必须在捉摸不定的环境中,在信息不完全的情况下,与其他人商谈,寻求信息,做出判断和决定。

这些也能练习吗?当然能。

它涉及怎样去做你已经在做的事——在工作中练习,这要求进行一些重大改变。首先是给任务确定新目标:不仅是完成任务,而且要做得更好。任何人在工作中所做的任何事,从最基本的任务到最令人激动的事,都是可以改进的。

用这种思想武装头脑,人们就会以新的方式投入工作。心理学研究表明,他们会对信息进行更深的处理,更长时间地保存它们。他们要求得到更多有关他们工作的信息,寻求其他视角。他们有比较长远的观点,不只是在做某项工作,而且明显地努力在更大的意义上做得更好。这种不同的精神状态和反馈也是非常重要的。然而多数人不会征求反应,他们只是等待。高盛公司负责能力发展的史蒂夫·克尔说:"如果你不知道你是否成功,那就会出现两种情况:一是不会有任何提高,二是不再关心。"经常地征求反馈是通用电气公司文化的一部分。如果你不能幸运地得到反馈,那就去征求。

在整个过程中,你的一个目标是建立被研究人员称为"企业思维模式"——各种因素组合与互相影响——的图画。你在这方面下的功夫越大,你的思维模式就会变得越大,你的业绩就会越好。比尔·盖茨在个人电脑刚出现的时候就看到每张办公桌上都有一台电脑的目标是现实的,可以开创一个无比巨大的市场。

人得到应得到的一切,而不是想得到的一切。云谷禅师对了凡先生说的"拥千金者值千金,应饿死者必饿死",就是这个道理。一个人的自我价值提高,则人所应得的,不管质和量都会提高。

粗糙和混沌并不是缺陷,世界就是因此而运转,掌握动态的平衡正是这个世界得以运转的规律所在。作为万物之灵的人,难道还看不到这个世界的多面吗?难道还不能找到并且为之重复练习、付出努力的长远目标吗?

友善利己 宽容利他

许多面对生活压力的现代人，经常寻寻觅觅，希望寻获一些能够释放情绪、缓解生活压力、平衡自我心态的方式。人们总是有意识地追求成功与完美，而往往忽略一个人是否能够成功，取决于他所做的准备、所掌握的技能以及他的信心。

在学校里，当你遭受失败时，你可能会得到一个温暖的拥抱和许多安慰。自我感觉过于良好的孩子一旦遇到现实问题，大部分都会抱怨说："这不公平。"进入现实社会，失败了也只能得到"你被解雇了"或者"你麻烦大了"的结果，妈妈不能一直在那里给你抚慰，你也不可能总去对心理指导专家诉苦。正如一位美国作家所言："许多教育学家、临床学家和家庭教师协会成员，心理学入门课程都仅仅是勉强及格，对于他们来说，'自尊'不仅是一句反复唱祷的颂歌，更成为一种组织原则，一种强迫性的固执，那就是要确保孩子们无论如何都自我感觉良好。"心理学教授罗伊·F.鲍迈斯特坚信，这种做法的结果就是，这一代年轻人成长在一种"不现实的希望、无原则的任性和无限的自得自满"之上。正因为如此，我们的世界才充满了毫无意义的安慰奖、参与奖、鼓励奖。但依照心理学，只有当欲望过多、期待过高的时候，人们才会产生对自己和现状的不满情绪。而我们不仅没有帮他们做好准备去面对挑战、挫折、失败、沮丧和生活的成功，反而将他们虚幻地保护起来。

现代人的本性与情感容易被扭曲。小男孩打架或者哭泣的时候，大人责备他们，要他们不可以打架，不可以哭泣，结果他们从小得到错误的信息，以为生气是不对的，于是努力压抑自己，长大之后情感无法获得宣泄，甚至忘记如何哭泣，而成年人所有的痛苦都是他们童年的记忆中所压抑、所扭曲的信息的释放。潜能开发专家因此认为，"潜意识"的力量远比"意识"的力量大。很多心灵问题都源自潜意识的深层记忆没有被及时有效地解读。

心理学训练师栗原弘美说："许多现代人的内心深处其实并不开心，许多人在意识上都想追求成功和完美，他们在人前努力表现得完美、可爱，但做的其实是一些较为表面的东西，而将心灵之窗关闭起来。由于没有真正打开心扉，人与人之间的关系渐渐变得冷漠。许多人害怕被伤害，也怕伤害别人，更害怕失去一些已经拥有的东西。"

现代人将成功等同于快乐，因此许多人一直努力和别人竞争以取得成功，但事实上，许多人成功了并没有获得真正的快乐。

我们每个人需要内心观照和关注的是人与他人之间、他人跟自己的关系，如何通过各种关系的整合，帮助自己检视隐藏在内心深处的自我挫败感，使我们自己能够产生正面的力量，拥有一个平衡、快乐的人生。

一颗友善的心强大于坚船利炮，因为它能真正使人体会到尊重和温暖。屋宽不如心宽。心灵宽广高贵的人能对他人萌生怜悯和同情，因为友善会使对方的敌意渐渐消释，没有人会拒绝友善所带来的温暖。生活中，许多人明知彼此都需要友善的温暖、感情的温馨，却又常常用无端的猜疑将满腔的好感冰封在坚硬的假面具背后。

心理学里有一种效应叫自己人效应，就是说要使对方接受你的观点、态度，你就要不惜同对方保持同体观的关系，要把对方与自己视为一体。管理心理学中有句名言："如果你想要人们相信你是对的，并按照你的意见行事，那就首先需要人们喜欢你，否则，你的尝试就会失败。"试想，如果你对他人没有真诚之心，毫无友善之举，又怎能期望从他人身上得到友善的回馈呢？

一切利他的思想、语言和行为的开端，就是接受自己的一切并真心喜爱自己。只有这样，你才能爱别人，才能爱世界，你才可能有真正的欢喜、安定和无畏，才可能有广阔的胸襟。你如果不喜欢、不满意自己，那么你是无法真正喜欢别人的。有些人把爱自己等同于自私自利，这是误解。如果仔细体会就会发现，你如果对自己不喜欢、不满意，就会很容易生出嫉妒心和怨恨心。自己也是众生中的一员，爱众生的同时为何把自己排除在外？因此，先好好认识自己，先跟自己做好朋友，再谈爱众生。

尽早冲出心灵的舒适区

一只小老鼠出世不久,老鼠妈妈问小老鼠:"你现在能看见了吗?"小老鼠说:"能。"老鼠妈妈说:"那你能看到那块红薯吗?"小老鼠说:"是的。"老鼠妈妈说:"那是一块石头,这说明你不但还看不见东西,你连嗅觉都还没有。"

每个人对内都有一个舒适区域,对外都有一个心理边界。在这个区域和边界内,人是非常自我的,不愿意被打扰,不愿意被侵犯,不愿意和陌生人交谈,不愿意被人指责,不愿意在规定的时限做事,不愿意主动地去关心别人，不愿意去思考别人还有什么没有想到。这在学生时代是很容易被理解的，有时候这样的同学还跟"酷""个性"这些字眼沾边，算作是褒义。但是，当一个人进入社会工作之后，还认为停留在心灵的舒适区域内是可以原谅的，更自以为是地认为自我划定的心理边界是他人不可逾越的，那就是不愿意长大、缺乏自信的表现。如果不极力改变这一现状，你就会很快成为唯一没有人理睬的对象，或是很快因为多重压力而内分泌失调。如果你能很快打破之前学生期所处的舒适区域，重新调整心理边界，比别人更快地处理好业务、人际、舆论之间的关系，那你自然而然地也就能很快地脱颖而出。

在会议上，一个停留在心灵舒适区域的人会消极地听取领导的话语，消极地待命，没有任何创造性地完成上级交给的事情，从来不关心此事以外的任何事情，更不会想到多做一步，让接下来的工作更加容易上手。而敢于打破这个舒适区域的人，敢于在适当的时候、在别人还没有把同样的想法说出来之时就提出自己的看法和不理解，并在得到上级的认可和指点之后，能够把手头的工作尽快完成，并随时接受别人的批评和调整。

在工作上，当消极工作的人遇到一名新的同事，他会装作没有看见，继续自己的工作。殊不知，新来的同事很可能就会变成自己的上司。而后者则大方、客气地自我介绍，并了解对方和自己的关系。

在聚会上，一些人总是等待别人发言，并喜欢私下里评论对方的言语，如果这个桌子上没有人发言，那么直到用餐结束，也没有人认识你。而另外一些人则是勇敢地和一同吃饭的人闲谈，这看起来很困难，但往往你会发现，对方是多么希望能和你说几句话。

每个人一旦进入社会，就要在工作时把校园里或生活中的"随意性""模糊性"从身边赶走，尽早地冲出自己的舒适区域，开始做好和这个社会交流的准备。

有些人经常把"好像""有人会""大概""晚些时候""或者""说不定"之类似是而非的应答放在嘴边，实际上暴露出了他们更多的弱点：之前没有想到这个工作，一直在拖延；没有责任心，认为这些并不重要；应付上级；不敢说真话；喜欢逞能，答应一些做不到的事情；不能独立工作；等等。

这样的回答，相应地也一定会让上司恼火：他的问题没有得到答案，只是起到了提醒你的作用；他依然需要提醒你，因为他不知道你是否已经真正落实了工作；他不清楚你已经做了的事情中，还有多少是没有落实的。往往因为没有得到满意的答案，上司自己的计划不得不被耽搁或推迟，或不能给出明确的结束时间。

很多人喜欢在学习和玩耍之间先选择后者，然后在最后期限前一次性赶工，把要做的事情突击完成。又或者，当你在徘徊和彷徨如何实施的时候，你的领导已经自己去做或者改派他人去做了。这是一个危险的信号。

每个人都有潜在的能量，只是很容易被习惯所掩盖，被时间所迷离，被惰性所消磨。

每日事，每日毕。说做就做是很好的习惯，面对工作时徘徊不前而手足无措恰恰是在拖延工作，害怕自己承担或应付后果。如果换个心态，工作的时候拿出挑战自我的自信，相信自己有能力，不管下一步是什么状况，相信一定能把它做到最好。敢于减小和化解风险，意味着勇于承担责任。如果不懂、不知道，就"谦"字当头，赶快求助，或想办法。须知苦恼和忧虑只会增加压力，也会把剩下的时间蚕食殆尽。

在工作和职场中，对三种人要保持高度警惕：官不大，特能办事的人；挣钱不多，特能花钱的人；不太熟，特能套近乎的人。

每个人必须对自己的一切负责。当人对自己采取负责任的态度时，人就会向前看，看自己能做什么；人如果依赖心重，就会往后看，盯着过去发生的、已经无法改变的事实长吁短叹。生活需要我们每天提醒自己："我对自己的一切言行、境遇和生活负完全的责任。"

事实上，对你负责的也只能是你自己。

有则寓言里说，老虎想检验一下自己的权威，一天深夜，它把动物们召集到一起，对大家说："现在天都亮了，你们怎么还在睡呢？"

动物们心里都清楚，现在正是黑夜，但因为害怕老虎，都不敢揭穿。这时，狐狸开口了，它逢迎道："虎大哥说得极是，现在不正是白天吗？我们看不到光，那是因为正在发生日食。"

老虎对狐狸的回答很满意。从那以后，老虎经常把狐狸带在身边，它的谎言每次经狐狸一解释，似乎都成了真理。

谎言，如同真理的影子。每个人的内心其实都存放着一只老虎和一只狐狸，有时候自欺，混淆视听，有时候欺人，蒙蔽大众。殊不知，自欺欺人，免不了要自作自受。

自然存心 和而不同

太平洋里有一个布拉特岛,在这个岛周围的水域中有一种鱼,叫王鱼。王鱼分为两种,一种有鳞,一种无鳞,有鳞没鳞,全由自己选择。

如果王鱼从小到大都没有鳞,就比较好活,一生都很平静。但有的王鱼会选择另一条道路,让自己慢慢有鳞。它有一种本领,能吸引一些较小的动物贴附在自己身上。王鱼先给这些小动物一点自身的分泌物,当它们被吸引后,王鱼便把它们慢慢地吸收为自己身上的附属物。王鱼有了这种附属物后,会比无鳞的王鱼至少大上四倍。

　　有鳞的王鱼，生命进入后半生时，由于身体机能退化，那些附属物会慢慢脱离，使王鱼变得没有鳞。那是一件痛苦难堪的事情，因为无法再适应这个世界，王鱼表现得异常烦躁，每一天每一刻都在绝望中挣扎。这时的王鱼常会自残，往岩石上猛撞。身上附属物越多的王鱼，后来就会越痛苦。到生命的最后，王鱼常常会浮上水面，跳上跳下，挣扎数日，而后死去。死时的王鱼身上红肿腐烂，眼睛也被自己撞瞎。

　　王鱼的悲剧给我们各种启示，有人说它启示我们不要为各种浮名俗利所累，有人说它启示我们不要过自己不需要的生活。

　　其实，王鱼和生活中的某一类人惊人地吻合。这类人因为环境给予的各种包装和名衔，真的以为自己如何如何了，一旦除掉外在那些耀眼的东西，就变得一文不名。

　　出现这种现象，并非劣根性的问题，其背后有着一个重要的心理学定律——"自我实现效应"：一个简单的假设角色可以很快进入个人的社会现实中，他们从中获得自我认同，无法区分他们扮演的角色和自己的真实身份，现实和错觉之间产生了混淆，角色扮演与自我认同也产生了混淆。人们对自己的某种假设，很快会成为现实。

鱼如此，人类面对各种不同的人和事时又是怎样进行自我调节的呢？

人在发怒时心理状态失常，情绪高度紧张，神志恍惚。在这样恶劣的心理状态和强烈的不良情绪下，大脑中的"脑岛皮层"受到刺激，时间长了就会改变大脑对心脏的控制，影响心肌功能，引起突发的心室纤维性颤动，导致心律失常，甚至心搏停止而死亡。可见生气发怒可致使呼吸系统、循环系统、消化系统、内分泌系统和神经系统失调，并带来极大的损伤。

面对困难，许多人戴了放大镜，但和困难拼搏一番后又会觉得，困难不过如此。正如生命中的许多伤痛一样，其实并不如自己想象的那么严重。如果不把它当回事，它不会很痛。你觉得痛，那是因为你自以为伤口在痛，害怕伤口的痛。

有这样一则故事。有一天，有个人去请示一位著名的智者，他说："我天生性情暴躁，不知道怎样才能改正。"

智者听了以后，对来人说："你把这天生暴躁的性情拿出来，我帮你改掉。"

来人回答说："不行啊！我现在没有。一碰到某些事情的时候，那天生的暴躁性情就会跑出来，然后我就会控制不住地发脾气。"

智者说："这个情形倒是很奇妙的。如果现在没有，只是在某些情况下你才会脾气暴躁，可见这并不是天生的，而是你和别人争执时自己造就的。可是，现在你却把它说成是天生的，把过错推给上天，推给父母，未免太不公平。"

经过智者的一番开示，来人终于会过意来，从此努力改变暴躁的性格，再也不轻易发脾气了。

人贵自然，自然最真。智者于细微处关心他人，愚者处处为自己打算；智者善意赞美，愚者乐于批评；智者给人以激励，愚者以冷水泼人；智者善于替人解围，愚者遇事避而远之。

进入社会，学会克制、幽默、宽容等平衡艺术，学会与人相处时以和为贵的艺术非常必要。为他人着想，为自己铺路；你给别人留面子，别人给你做好事；夫妻之道，亦和亦智。如果产生与命运对抗的想法和心态，就容易生不平之心。和命运对抗，更多时候是在和自己较劲，这样越对抗越难摆脱。最好的心态是不管命运是好是坏，只管修自己，一日修来一日功，这样坏者变好，好者更好。所以"改变命运"应称为"修造命运"。

另外，读懂并善于运用一个"和"字，就能够在伦理存心的基础上求同存异，和而不同。因此，法国作家罗曼·罗兰说道："没有一个人是完全的。所谓幸福，在于认清一个人的限度而安于这个限度。"

仁者自爱 智者自知

心理学中的优势效应告诉我们：一个人只能从自己的优势而不是弱点中成功。

现代社会的混乱是缺乏秩序、缺失信仰造成的。世俗的聪明才智让人无限放大内心的欲望和极度关注眼前利益，这种诱惑进而会吞噬掉人在堕落之前所见到的美景和拥有的善知识，折损人的福报。

小鸟问它的父亲老鸟："世界上最高级的生灵是什么？是我们鸟类吗？"老鸟答道："不，是人类。"

小鸟又问："他们比我们活得幸福吗？"老鸟说："远

不如我们生活得幸福。"

"为什么他们不如我们幸福?"小鸟不解地问父亲。老鸟答道:"因为在人类心中生长着一根刺,叫作贪婪。"

小鸟又问:"贪婪?那是什么意思?""你想亲眼见识见识吗,孩子?"老鸟问。

"当然。"小鸟说。

少顷,小鸟便叫了起来:"看,有个人走过来了。"

老鸟这时飞离小鸟,落到来人身边,那人伸手便抓住了它,乐不可支地叫道:"我要把你宰掉,吃你的肉!"老鸟说道:"我的肉这么少,够填饱你的肚子吗?"那人说:"肉虽然少,却鲜美可口。"

老鸟说:"我可以送你远比我的肉更有用的东西,那是三句至理名言,假如你学到手,便会发大财。"那人急不可待:"快告诉我,这三句名言是什么?"

老鸟徐徐说道:"我可以告诉你,但是有个条件:我在你手中先告诉你第一句名言;待你放开我,我便告诉你第二句名言;等到我飞到树上后,才会告诉你第三句名言。"

那人马上答道:"我答应你的条件,快告诉我第一句名言吧。"

老鸟说道:"第一句名言便是:莫惋惜已经失去的东西!根据我们的约定,现在请你放开我!"那人便放开了老鸟。"第二句名言便是:莫相信不可能存在的事情。"说罢,老鸟边叫边振翅飞上了树梢。"你真是个大傻瓜,如果刚才把我宰掉,你便会从我腹中取出一颗重量达一百二十克价值连城的大宝石。"

那人闻听,懊悔不已,把嘴唇都咬出了血。他望着老鸟,仍惦记着他们方才谈妥的条件,便又说道:"你快把第三句名言告诉我!"

狡猾的老鸟讥笑他说:"贪婪的人啊,你的贪婪之心遮住了你的双眼。既然你忘记了前两句名言,告诉你第三句又有何益?难道我没有告诉你莫惋惜已经失去的东西,莫相信不可能存在的事情吗?你想想,我浑身的骨肉加起来还不足一百克,腹中怎么可能有一颗一百二十克的大宝石呢?"

那人闻听此言,顿时目瞪口呆。

现代社会的人，已经让金钱、势利蒙蔽了双眼而忘记了去关爱、去擦拭自己的内心。《荀子·子道》中说："子路入，子曰：'由，知者若何？仁者若何？'子路对曰：'知者使人知己，仁者使人爱己。'子曰：'可谓士矣。'子贡入，子曰：'赐，知者若何？仁者若何？'子贡对曰：'知者知人，仁者爱人。'子曰：'可谓士君子矣。'颜渊入，子曰：'回，知者若何？仁者若何？'颜渊对曰：'知者自知，仁者自爱。'子曰：'可谓明君子矣。'"

生活中，智者创造机遇，愚者等待好运；智者热爱自己的工作，愚者在工作中变得麻木；智者懂得休息，愚者堪称工作狂。

而仁者自爱。他们会把更多的心思放在观察和思考自己的需要上，找到问题所在，找到自我的优势所在，通过观察和实践得到答案，再将答案优化、提升为真正的知识。

一人请教智者，说有人在背地里捅他刀子，该怎么办。

智者拿起一把斧子,走到室外。智者对那人说,现在他把斧子扔向天空,会怎么样呢?

当扔出去的斧子咣的一声掉到地上时,智者问:"你听到天空喊疼的声音了吗?"

"斧子又没有伤及天空,天空怎么会喊疼呢?"那人说。

"斧子为什么伤不到天空呢?"智者问。

"天空是那么高远、那么辽阔,斧子扔得再高,也触不到天空的皮毛啊!"那人感叹道。

"是啊,天空高远、辽阔,那是天空的心胸大。如果一个人有天空般宽阔的心胸,别人就是再向他放暗箭、捅刀子,也无法伤及他的心灵啊。"

那人低头看了一眼那把掉在地上暗淡无光的斧子,又抬头望了望高远、蔚蓝的天空,心里不由得豁然开朗。

想　到

随文入观 请跟我来

许多人读了不少书，也懂得不少道理，烦恼依然没有减少。

俗语说："会说的不如会听的。"会读书、会听话的人是读给自己听，别人事如同自己事，感同身受，与别人不相干，这就是转；不会读、不会听的人是读给别人听，看别人笑话，与自己不相干，这就是错。错了就要多自我批评、多忏悔、多转化。

自我批评，把它用于解放旧的思想习惯、培养新的思想习惯。

放弃"认为自己没有价值"的旧思想,喜爱自己、珍惜自己、接受改变,因缘会帮助我们成就所向往的一切。

即使我们有错,也只是因为在我们的思想中有不正确的意念,是那些不正确的意念使我们做出不正确的事。所以,只要我们改变基本的思想和意念,也就再不会如此。

每个人的问题,都来自每个人的思想,转变思想就可以改变命运。

世事无一不变,好的固然可以变坏,坏的也可以变好。去除患得患失的心情,想想俗世本来一切俱空,又有什么好紧张的?

我们不必担心自己的成败,以免越想越糊涂。我们只要以他人为镜。因为,别人的成败,值得我们深思,能够启发我们。

人最难战胜的是自己的欲望,欲望的高度要比珠穆朗玛峰高得多。在你的欲望触手可及的时候,拿下它,也许你就拥有了值得骄傲的回忆,但放弃它,你可能得到一个全新的开始——不必依靠回忆度日,你每一分钟都能创造出新的巅峰来。不信,就从当下开始。

对于我们所拥有的生命来说,这一生,无论什么,我们只有一次,无法重复,不可再来。许多灿烂的时光,如黑夜的昙花,最灿烂的时候也就是最颓废的时候,生而即死。生命,只有一种花,只有一种香,永远没有重复,永远不可再来。不知道昙花是否知道自己只有刹那的美丽,而看花人也有如幻梦,为花,为生命,而彻悟无常。

无常,并不是要我们去无奈,而是一种奋发。因为不可重复,无法再来,我们只有努力把握好当下,无悔地生存。生命有如今夜,留下的记录,只有天上的月、夜、花。时光亦如这些文字,一旦录入,便成过往。

下河了,别忘了上岸

许多人受感情困扰,往往是在付出感情的时候感觉自己无怨无悔,似乎是心甘情愿,一旦对方有些许变化,便感觉自己是天底下最痛苦的人。殊不知这些痛苦大多是"自我对他人的要求"过多,自我期许过高所致。而当事人却浑然不知,迷途难返。

感情,本质是人与人之间相互关怀之下的一种自然"产物",也是人与人之间的一种承担和负责,是不带有任何"自我对他人的要求"的。然而在付出感情的同时,我们往往预先"假设""想象"对方可能有的回应和表现，并且期待，甚至要求这种种"假设"随着个人意愿而成为事实。一旦意愿不能实现，愤慨、不满、失望、猜疑等种种情绪由是而生，心绪波动，意乱情迷，心智混乱。在这种情况下，相爱变成了相互要求索取的手段，终因所求不得而苦恼自残。

当失望、猜疑的情绪生起后，我们便会开始觉得自己不被关心、重视，一股强烈的对"自我"的执持不放，使得这种"感觉"一再加强，也就会自怨自艾、自怜自叹起来。到了这个地步，我们便会认为自己是受害者，是应该被垂怜、同情的"弱者"，所谓"孤独"由此而生。

人与人之间的相互关爱虽然是易变而不安定的，但它是生活中具体而生动的经验。它并非为了达成某种目的或要求的手段，不应有任何其他的期待或索取。我们在付出感情时不应该认为："我对你这么好，你也应该对我……"这将使被关爱的人产生压迫感，天长日久，实在忍无可忍时会做出一定的反弹或抗拒。其中，付出感情的一方便会认为自己深深地受到了伤害。其实，人与人之间本来就是相互依存的,我们应让感情成为一种自自然然的相依,彼此相互激励、共同成长,为什么要让它成为一种"痛苦的占有"呢?

互爱关系是不把所爱的人视为自我的延伸,而将其视为一个独特且永远美好的个体——可以彼此表达自我,是两个自我的融合,但不必担心自我的迷失。

感情并非被"制造"出来的,其本来是人与人之间相互关怀之下的一种自然产物。虽然人在许多时候,在处理感情问题尤其是男女之间的爱情或亲子之间的亲情时,总会带有若干"执着"的成分,但在本质上,感情仍是由了解、关怀、尊重所组成的。一旦感情变成了一种要求对方的行为或言语符合自我或取悦个人的手段时,那已经不再是一种人与人之间相互关爱的自然产物了。这时,"感情"已经变质,成为一种刻意的追求,所有的适意、温暖都成梦幻泡影,取而代之的只是一连串的迷乱、慌张、懊恼。

当我们关怀他人,而对方也自然地回应时,我们将产生一种愉快的情绪,一切本来都是那么自然,同时也是无常的，终究会过去。但是，往往这种愉快的情绪将被强烈地"捕捉"并且被期盼着能不断延续，于是乎我们企图"制造"感情。事实上，这不是感情，是执着，是渴求，是贪嗔，是痴迷。

感情如云，变化万千，云起时汹涌澎湃，云落时落寞舒缓。落花可有意？流水可无情？有时缘去缘留只在人的一念之间。

人无法更改自己的血缘，骨子里的东西根深蒂固，难以改变，即使后天的影响可以让人有无穷的变化空间，最终做出影响自己一生的重大决定之时，人的先天感觉会左右自己的进退取舍，这或许方是命运的本来意义。

幸福的迷惑

或许我们无法改变大众受媒体影响而形成的成功概念,但我们可以定义自己的成功人生。

有人认为:仅仅达到自我设定的目标是不够的,必须拥有令人瞩目的财富、权势或名声。

有人却不认可。

人活着追求的是幸福,而不是财富。所以,成功不是积累财富,而是获得幸福。

问题不在于是叫作成功还是称为幸福,而在于谁来定义成功,谁来定义幸福。成功从来就是个社会概念,判定成功与否，从来只有社会标准。仅仅自己觉得成功不是成功，大家觉得成功才是成功。

但幸福完全不同，幸福是个体的内心体验。别人觉得我们幸福，我们不一定真幸福，我们只是不希望别人觉得我们不幸福而已；别人觉得我们不幸福，我们不一定真不幸福，我们只是懒得和不懂得我们幸福的人去分享只属于我们的幸福而已。我们自己定义幸福，我们自己把握幸福。成功不再是名利场上用作炫耀的名词，而是规划自我人生的动词。

我们总是寻求快乐，这个快乐是自己内心体验的快乐，不是别人看着的快乐。我们寻求别人看着的快乐时，就必须走向成功，因为只有成功了，才可以让人感觉我们是快乐的。当我们需求自己内心体验的快乐时，成功与否已无关紧要。

获得快乐有两个基础。一是健康。生命的本能是呼唤健康的，因而不值得为任何事情，包括成功，去放弃健康、牺牲健康、损害健康。如果必须以健康为代价去获得成功，那就放弃成功。二是自由。自由就是选择。

我们可以选择做自己喜欢做的事，并做得出色，从而成功。这种成功能够增加我们的快乐。我们也可以选择依照社会价值理念，做自己不喜欢做的事，并努力做好，从而成功。这种成功带来荣耀，却不增加我们的快乐。当快乐为幸福的体现时，成功的人生呼唤健康，实践自由，寻求快乐。

真相与距离

很多时候，我们不太愿意，也不太会给别人说话的机会。或者说，在尚未听到别人的下半句的时候，就做出了激烈反应。

但很关键的是，许多的真实原因和本来面目，恰恰在别人最后的几句话里。最为要命的是，这个别人，可能是我们最为在乎和最为疼爱的人。

许多悲剧、许多烦恼，其之所以产生，就在于我们太在意自己，太在意自己的感受，太在意自己的感觉，而对于对方，却是为了验证我们自己的感受和感觉，为了自欺欺人的一个自我陶醉。

因此，许多时候，我们生活在一种完全没有弄清真相的生活里。奇怪的是，许多人已经习惯并且乐于享受这样的自恋、自怜、自残、自欺的生活状态。

从某种角度来说，拒绝进入真相，缘于我们脆弱，更缘于我们害怕。

我们终生都在寻找心底的完美，却往往忽视生活中已有的完美。如同爱情，有的时候不觉得，没有了却心痛得厉害。有一个小故事这样说：一个乞丐终日拿着一个破碗讨饭过活，最终还是潦倒而死。后来人们发现他的那只破碗居然是件价值连城的古董。人总是觊觎自己眼中的他人的美丽，却忽视自己曾经或正在拥有的美好。痛苦时，我们总是将自己的痛苦向外倾泻，更甚者以刀子般的锋利言行带给别人痛苦。我们听不见别人的心跳，不愿意给别人说话的机会，等到只剩下自己的时候，又觉得自己的委屈无人能懂，自己的伤痛无人能解。

结论不同，是因为立场和角度不同；观点不一，是因为高度和深度不等。所有人的生活，每天都在上演

"罗生门",真相如何,谁都不得而知。至于公众愿意相信哪一面,全看发言权掌握在谁手里,以及谁具有公众信誉度。

当然,也要看哪一面的说法更有说服力。而说服力,不一定建立在真相的基础上,而是和公众的习惯性思维、某一方说辞的感染力有很大关系。

这一现象可以用罗伯特·塞缪尔的理论来解释:"心理学上,虽然实证不能支撑某种观点,但仍然被认为是正确的,是因为这种观点的不断重复改变了我们对经历的思考方式。"

有人说,世界上其实没有真相,大家相信什么,什么就是真相。而愿意相信真相的结果就是必须承担这样的真相带给自己的选择和由此产生的代价。很多人其实是害怕知道真相的,但有些真相隐藏得愈深、愈扑朔迷离,就愈是让人难以接受,也愈能引起人们探究真相的兴趣和动力,最后,也最容易走入自己愿意接受、愿意相信的那种真相。其实那还算不算是真相呢?自然也是不得而知了。这也验证了人性中的一点:最高的自我评价，总是自己给的。

其实，真相永远是隐藏在当事人的心里那一刻的，而过了那一刻，所谓的真相也在外界环境力量的作用下，在自己意念调整变轨的情况下而不断被稀释、被重新诠释。

张小娴在她的《荷包里的单人床》里说："世界上最遥远的距离，不是生与死的离别，不是天各一方，而是我就站在你面前，你却不知道我爱你。"

这句话引用者很多，共鸣者众。但大多数人只是停留在这句话的表面，而没有悟出其中的深层含义。我说：心远，对面也是陌路；心近，再远也在眼前。

许多距离可以探测，比如月球离地面约三十八万公里；许多距离可以跨越，比如城市与城市、国家与国家，现在交通发达，人可以一日万里。可同在一片屋檐下的许多家庭，里面住着的许多人，其心的距离却是冰冷而莫测。

心有距离，却还能够在大众面前上演恩爱秀。十句真话，加上一句谎言，就能成就经典。许多人对于真话往往习惯性地怀疑而拉远距离，对于重复一千次的谎言，则甘愿让彼此间的距离消失。

而谎言掩盖下的距离，毕竟会因为裂痕而产生代沟和鸿沟。那些曾经滚烫的真话呢？却只能在记忆里寻找。人心的戒备与怀疑造就了陌生的相对，也造就了人间许多无奈、许多遗憾、许多距离。

距离有现实存在的，也有心理派生出的。过去的门当户对，现在的外貌差异、学历差异、文化差异、收入差异、地位差异等等都无时无刻不在提醒人们距离的存在，而这些外在的距离也让人与人之间，甚至是亲人之间衍生出了心的距离。这个时候，这种情境下的距离感，既有可能让人成为"天使"，也有可能使人成为"魔鬼"。

在存在着这些可能的岔路口，人们的选择往往带有很大的偶然性。引导他们做出选择的，也许是一个很小的事件，也许是生活中一个不起眼的细节，也许是几句不经意的话，也许仅仅是一个小小的却印象深刻的行为。可是在这些小事件、小细节、不经意的话语和小行为的影响下，站在岔路口的人走进了不同的人生路径，从而改变了与原有环境、原有人脉的距离。

心的距离便是爱的距离。有爱、有心，再遥远的距离也是咫尺，脚下长长短短的路是心的旅程，更是爱的步伐。

柏拉图说："人是习惯的奴隶。"英国诗人德莱顿说："首先我们养出了习惯，随后习惯养出了我们。"

心无远近，把握由人。对于一个把自己心的距离与人拉远的人，社会就是他的地狱。对于一个被亲人、朋友同时在心理上唾弃的人，他与这个世界的距离就是他通往地狱的距离。

人的烦恼为什么那么多

人，为什么有太多的烦恼？是因为我们的欲望太多。欲望太多，会让我们滋生出无限的贪婪，忘记了哪些是我们该有的，哪些是我们不该拿的。许多时候，我们没有去想过我们要为此付出的代价是什么，有没有承受的心理，为什么要这样做。许多时候，我们似乎自己也没有弄明白错在哪里、对在哪里，感觉社会就是这样。但人们由此忽略了我们必须要为之付出的成本，有些甚至是血的代价。漠视、争吵、怨恨：悲剧太多，喜剧太少；痛苦太多，安慰太少；熟人太多，朋友太少；孤单太多，交流太少。在城市的夜空下，有多少颗期待的心，就有多少颗需要温暖的心灵。有许多时候，真正伤害我们的，也有我们的欲望之心，而不仅仅是客观环境。我们恨一个人，内心就会形成一个疙瘩；恨两个人，就会留下两个疙瘩；恨天下人，内心就会布满疙瘩。所以，当我们对他人产生嗔心时，首当其冲的受害者就是自己。只有在这种破坏性的心态传达出去并付诸行动后，才会进而伤害到他人。

在我们心口疼痛的时候，让我们试着努力去做好对爱的坚持、对家的坚守、对未来的守望、对灵魂的擦拭。

有一个故事是这样说的：

一个老年人病危时，让儿子拿来一个旧皮箱，他从皮箱里拿出一件黄色的旧呢子大衣，撕开衣角的线，取出一块银圆。

原来，六十年前，老人在县城开书店。一日，一个年轻人来买书，因为柜台上只剩一本，所以老人便向买书人多要了一块银圆。从此，这块银圆常被老人托在手上，沉重得如同托着一座大山。开了五年多书店，老人只做了这么一件亏心的事,而且只是一块银圆。尽管如此,他仍是日夜不安,决心退回这块银圆。然而,六十年过去了,他却无缘了却这桩心愿。

生命终结之际,老人给儿女留下的遗嘱是:一定要找到那个买书人,买书人若不在了,找到他的后人也行,务必把这块银圆退回。这样他才能安睡九泉之下。

离开人世时,老人的最后心愿就是擦掉心灵上的那一丝灰尘。

三个儿女料理完老人的后事,坐下来研究怎样实现老人的遗愿。他们惊讶地发现这竟是一块无法退回的银圆,因为老人没有留下那个买书人的姓名,或许老人也不知道?深陷悲痛中的三个儿女此时才深刻地悟出老人的又一个遗愿——让儿女在世上干干净净地做人。人生在世,需要不断地为心灵除尘,自省、自责、自悟、自重……擦净心灵,既是一种自我重塑,也是一种品德纯化;既是对从前的一种跨越,也是不可缺少的一种追求。

人的心灵是一座"库房",每个人的所言所得,不管是否愿意,都要一次不少地、真实地存放在里边。面对世人,敢敞开自己心灵"库房"的门窗,经得起他人的察看,这个人就能一生高挺着自己的脊梁,活得堂堂正正。

人生最完美的结束,不是拥有多少财物,也不是创下多少家业,更不是如何威名远扬,而是在走的时候,能带着一颗干净的心。若如此,生命之灯便永不熄灭。

尘世的浮华毕竟改变不了夜空的纯净,在夜空的下面,有着我们最本真的面容,有着我们不断打造生命圭臬的努力。

心中有灯 自然不同

两千多年前，苏格拉底说："认识你自己。"《吕氏春秋》中说："物固莫不有长，莫不有短，人亦然。"道家说："知人者智，自知者明。"自知，才能知人。但是，现代社会，功利浮躁，究竟有多少人能够很好地做到自知呢？

同样在两千多年前，智慧的苏格拉底就宣称，唯一真正的知识就是知道自己的无知；四百多年前，培根也告诫，当心我们被自己思想的丝线束缚；四十多年前，哈耶克更提醒说，人类应认识到自身知识的局限性。

我们真正的家只在当下，能活在当下是一种奇迹。宁静无处不在，它包围着我们，浸润着我们。它在外面的世界里，在大自然中，也在我们的肉体和灵魂里。一旦我们学会品味宁静，我们的生命就将得到疗救和改造。

更多时候，我们缺乏宁静的心境：我们的身体在这儿，可我们的心却在别处——迷失在过去或未来中，被烦恼、沮丧、希望以及梦想所占据。倘若此时我们可爱的孩子跑过来朝我们微笑，我们可能完全熟视无睹，而他会失望地从我们身边走开……

我们可以带着感情去触摸自己或他人。当然，我们也需要同情和快乐。每逢我们痛苦时，带着感情去体验它，这是一件很好的事情。

每天我们接触不该接触的事物。随之而来的后果是，我们变得越来越不健康。这就是为什么我们不得不学着去练习感受我们体内和周围的健康事物。我们过去受苦受难越多，现在就可能越健康。因为我们可以学习将烦恼转变成对友人和社会有益的洞察力及智慧。

大地是美丽的，我们也是。我们可以让自己全神贯注地行走，以我们的每一个步履去感知大地。我们不必祝福朋友"愿宁静与你同在"，宁静已与他们同在。我们只需帮助他们培养起能够每时每刻感知宁静的习惯就够了。

这就是活在当下、享受生命的健康人生。

人生在世，看似相同的岁月沧桑，在每个人的身上留下的痕迹是不一样的。犹如一块砖、一块石，所处的位置不同，身价也不一样了。有的人过得好了，这是命运的垂青，这是机遇的光顾，譬如一个职务，能胜任者何止一个？但在位的只有一人。说实在的，我们都很平常，无论高官大款，还是布衣黔首，要是谁能认得平常，兴许在别人的目光里还会有点不寻常的影子。

人生如一盘棋，往事像棋盘上的经经络络，子起子落的地方都是人们系了结的悲伤、苦痛。也许，曾最最熟悉的一个棋子会永远地消失在你生命的棋盘里，忘与不忘，它都将永不出现。活着靠不得别人，要靠自己，不能活着活着自己就不是自己了。

人生中最遗憾的不是拼搏之后的失败，而是拼搏之后才发现自己所付出的那份艰辛与努力完全没有价值。事业如此,爱情也如此,有些人选择了坚强,有些人选择了逃避,有些人选择了堕落。坚强是一种向上的生活态度,尽管有更多的苦痛在挣扎;逃避是最没有用的,面对现在的机遇和未来的生活,在似是局外人的行为背后,隐藏着一个敏感、忧伤的孤独灵魂;而堕落,则是一家当铺,使人失去一切,当人醒悟之后去赎,却要付出双倍甚至更多的价钱与努力。

"郁结古今事,孤悬天地心。"心理学家把孤独解释为人在孑然独处时所产生的情绪。世人也多认为独处是一种孤寂、落寞的境遇。其实,人们往往忽略了独处的最佳妙境在于遐思。只有在孤独中,人才能达到"什么都可以想,什么都可以不想"的境界。在尘世的喧嚣中,凡夫俗子们不可能听到自己的足音。要想听到自己的足音,好像只有在孤寂的时候,如在泥泞中跋涉,于空林与荒郊之间穿越。这时,才能清晰地感到自己脚步的沉重、迟疑、疲惫或彷徨……

苏格拉底有着一颗孤独而又痛苦的心灵。所以,他勇于固执地打破一切对真理的信仰——在他看来，做学问的人或许根本就无权享受那世俗的幸福，学者的心灵必得在孤独的荒原上流浪。

哲学家式的孤独是可贵的，正因为他们孤独，才说明他们的思维没有终结，智慧没有匮乏——物质生活贫困的人可以受到人道主义者的收容，而哲学贫困的学者失去的却是精神的家园。

孤独不可以言传，只可感受。

自然最美 天下大同

所谓自然美，更意味着写真实。写真实过去长期被当作心怀叵测去揭露丑恶的同义语而遭到责难，今天又被当作机械的反映论而遭到嘲笑。真实不是一个复杂问题，真实不仅是发生过的，而且包括可能发生的，是现实，而不仅仅是存在，可以用现实的手法去表现，也可以用象征的乃至荒诞的手法去表现。真实也不仅仅局限于物质世界，而且还包括精神世界的种种现象，它并不把人们头脑中出现的想象、幻想乃至看来似乎是荒诞不经的意象和意念摈斥在外。真实既是审美客体的属性，也是审美主体的属性,后者即作家的真诚。在文学中,真实与想象、幻想和谎言等同起来,那恐怕就不仅仅是一个常识问题了。审美与艺术的功效不该以自我的消弭换取"情感的复归",把逃遁当凯旋,把缩进内心叫还原,把现实的悲剧化作思辨的喜剧,对于现实的苦难单单求助于"审美"的克服,那不是主体的获得,那是自我的失去。

自然最美是规律,文学如此,人生何尝不是如此?

"手把青秧插满田,低头便见水中天。六根清净方为道,退步原来是向前。"这是布袋和尚的禅语。

自然平衡,自然平静,自然平实,自然平安。

人生之于平衡,在于勘得破事,物各有主,福有厚薄。欲望过多过深过激,利益得失心重,个性膨胀,都容易让自己心理不得平衡。心理不平衡,情志就容易错乱,碍于面子,碍于自己的感情和时间、经济的投入,碍于许多的不甘,平衡早就被打破,人生的许多大错小乱就此铸成,祸之于人,悔过于己,迟也。正所谓"方听无生曲,始闻不死歌。今知当体是,翻恨自蹉跎"。

人生之于平静，在于放得下心，心胸开阔，包容宽容。前尘旧事、新愁旧怨，始终挥之不去，念之难忘，心灵空间慢慢被仇恨、仇视、仇怨所布满，怀疑替代了真，算计替代了诚，谎言欺骗了心，自欺欺人时一日可安，天长日久来寝食难安，苦也。

人生之于平实，在于守心得法，苦尽甘来，唯有实在。偷巧耍滑，弄奸使谋，逞一时蒙蔽牟利之快，得半世人心向背之孤。福报用尽，诚信不再，自以为天佑地宽，却不知天下之大，眼高三尺开天眼，举头三尺有神灵，人在做，天在看，修道之难，贵在守恒。急时抱佛脚，声誉毁时再去补，难也。

人生之于平安，在于当下用心。古人以丑妻、薄田、破棉袄而使财不露白，家不藏奸，不因物而生事，不因人而生非，平安度日就是幸福。今天，也有人以"农妇、散钱、有点田"为安，只是戏谑的成分较多，当下用心，流于口而惰于行而已。平安在心，人生本无乡，心安是归处，钱财本是身外物，死后何曾带一文，可惜几人能悟透？真正做到无怨无恨于人，相信无愁无祸于己，虽清茶淡饭，却儿孙绕膝，夫唱妇随，儿顺女孝，福也。

人心安稳，天下大同。

人生之心稳总揽自得，身自稳、口自稳、行自稳，四平八稳，洞天福地，个人自在，因果自收。正所谓"动静理全是，行藏事尽非。冥冥随物去，杳杳不知归"。

开启生命的智慧

"活着真好!"一个煤矿工人在遇险几天后被救出时,说出了这样的话。多少在生活中大难不死的人都能够以他们的亲身感受见证这句话。

经历过死里逃生的人,才真正体悟到生命的宝贵。但是,活着的过程中又有着太多的困扰和痛苦,有些是自己想出来的,有些是自己找出来的,有些是看似偶然实则必然要发生的,而这些,却是在我们毫无预见或者毫无防备的情况下发生的。

"活着真难"成为生活刻印在许多人沧桑面容上的

共同的符号。

生命的意义就在于我们对理想的憧憬、对现在的珍惜、对未来的追求。有了这些用心、用爱支撑的平衡点，就不会活得空虚，生活也就变得十分有意义起来。许多已知和未知的都需要我们去实践、去革新、去尝试、去体味。

相信在这个世界上活着的人里面，找不到没有憧憬的人。因对生活绝望而走上绝路的人毕竟不是多数，太多的人虽然被生活的重担、生活的艰辛压得透不过气来，但在备受困苦的侵扰和尝不尽的辛酸的背后，依然有他们顽强消化及转化痛苦的快乐和希望。磨炼自己的心性，使自己的心理承受力增强，在对受难的坚持和克服中开阔视野、平衡发展，成就自己不一样的阅历和人生。要懂得在科学中求真，在艺术中求美，在道德中求善，让自己有一颗平衡自在、离苦得乐的心。

生命在本质上是相同的，但是人确实各有所能。有些人可能成为商界巨头、文人骚客、名流学者、伟人领袖，有些人虽自感满腹经纶，却终生都没有脱离平凡人的命运。即使这样，也不要更没有必要在不认识自己的情况下去无谓攀比、较劲、怄气、折腾。每个人在生活中所扮演的角色和所担当的职能不尽相同，这些不同在生活中、工作上所带来的挫折和焦虑，常会在逆境中集中体现出来。许多人没有找到合适的地方，没有找对合适的对象来发泄心中的闷气，很容易被逼出所谓"精神危机""心理感冒"之类的病来，因而有不少人不是病死老死，而是被气死。因为他们看不开、放不下、舍不得。

生命有短长，万物有荣枯。重要的是我们怎样让这些陪伴我们的日子开心些，更淡定些。那些费尽心思地刮骨索取、争名夺利的日子，使我们的生命每时每刻都充满着紧张和压力，等到健康无存、油尽灯枯的时候，才真正发现生命的意义是在每一个平平凡凡的日子里过得平平淡淡、开开心心，才真正感觉到自己拥有的原来不是人生创造价值、享受过程的精彩，而是那些毫无意义的金银财宝、名车豪宅。想重新来过，却只能是奢望而已。

"恰恰用心时，恰恰无心用。无心恰恰用，常用恰恰无。"生命至重、至贵！即使你拥有亿万家产、无上权力，睁开眼睛是你的，闭上眼睛却是别人的了。生活就是一部每天都在上演的大戏，无时无刻不在发生着改变。善于在变化的时间中有所准备，有所努力，角色改变、生活改善一定是自然而然的事。其实，生存作为一种手段，最终的目的还是完成自己的理想，实现一种价值追求，只是不同的人以不同的心态和行为赋予生命不一样的精神、不一样的追求、不一样的态度、不一样的奇迹而已！在人生前行的道路上，不要让风沙迷住了自己的眼睛。当你看见黑的时候，闭上眼睛也要能看见白。谁也不是谁的谁，做自己的主人吧！

如果说高敏感度是一种天才素质，那么高行动力是更重要的天才素质。人最重要的力量永远在你自己的身上，奥秘的知识、玄妙的潜能开发、炫目的成功学等等，都远不如你自己身上已有的力量重要。我们习惯于去外面寻找答案，去别人那里寻找力量，结果却忘记了力量其实就在我们自己身上。许多人在现实生活中以性格内向外向的好坏、看事情的视角高低来为自己辩解。殊不知，对每个人来说，决定自己命运和性格好坏的关键，只有是否真正地了解自己这一件事。多了解一些自己，就能知道如何展示自己生命中美丽的部分，并适当地隐藏和修饰性格里尖锐的部分；而客观地了解他人，就是发现他人身上存在的自己还没有发现的优势，尽量刺激和引导他人的消费需求和改变生活的愿望。

世界上没有绝对正确的生活方式和绝对错误的生活方式。我们在进行人生选择时，要诚实地对待自己的心灵，而不要轻易为他人的价值判断所左右，不管他是圣人还是普通人。

这个世界每天都在发生着奇迹！我们相信奇迹，才会创造和拥有奇迹。也许，许多人穷其一生，也只是心力交瘁地劳作，却毫无收获，只是无限等待，但是他们终生都在向着他们的理想行进，用他们对生活的热爱点亮着他们的人生。而这样的人生对于他们来说，是用心写就的温暖岁月，是用爱心演绎的生命乐章！

感 悟

选择性失忆

"人活在世界上,就如站在一个迷宫面前,有很多的线索、很多岔路。别人东看看西望望,就都走过去了。但是我们就一定要迷失在里面。这是因为我们渺小的心灵里,容不下一个谜,一点悬而未决的东西。"

有些人就不能容下谜。好奇心太强是一方面,他们想活得明白些。东看看西望望、浑浑噩噩也是活着,但他们不愿意。因此,香港导演王家卫才通过电影《东邪西毒》表达一个简单的道理:人的烦恼太多,是因为记性太好。对于丑事、恶事,人们总是不愿记住。因为利益，每个人心中总会有一些让他们用不同的方式和过程想找到的东西。许多人不愿寻找，是因为太多的人宁愿选择性失忆，或装作选择性失忆，并且会编故事来隐藏自己，帮助自己找到由于利益上的失败而让自己安心的理由。

王小波也说，在我们身边有好多人，他们的生活就是编一个故事。不管是真是假，完全编在一起，讲来娓娓动听，除了这个故事，他们再也不知道别的了。有这么多编故事的人，你还能分辨这些扑朔迷离的故事中的真相与假象吗？一个人编故事尚不可怕，当人们用集体失忆的方式说故事的时候，你还能区分出黑白来吗？

生活中，人们喜欢做梦、造梦、追梦。诚然，梦具有一种荒诞的真实性，而真实有一种真实的荒诞性。因此，许多人总活在梦和真实的边缘，久而久之，连自己都不知道，哪些是生活中要去经历的真实，哪些又只是自己一厢情愿的梦。许多人到最后才痛苦地发现，忘记的永远是记忆深处的，而留住的才是自己想要忘记的！

选择性失忆，是难掩的怅惘抑或伤情的存在。所以，即使是有智慧的人，遭遇种种磨难得到事情和故事的真相之后，也会因为真相的过于残酷而宁愿选择性失忆。

但是，进入社会系统，个人的选择性失忆并不能淡化或者覆盖每一次悲剧的图景。每一次悲剧的发生，都是一次不仅仅也不应该是相关人员才能够感受到的灭顶之灾；每一次悲剧，都是一次心灵与生活的双重破碎与失衡。而有的时候，悲剧所产生的社会语境与根源、对悲剧的不同反应与观感，进一步地撕裂着人类的文明、道义与情感，吞噬着我们逐渐麻木的良知。在众多滴血的文字和图像面前，有多少人依然抱着看客的心态我行我素，而忘记了感同身受的悲剧心理体验和对每一个生命个体的敬畏与尊重。

在生命的本质上，分属于不同族群、不同文化、不同信仰的人类之间本没有任何区别。尊重与重视、警醒与责任，每一个向往美好生活、期望美好社会的个体生命都应将其刻进灵魂。

防微杜渐，珍爱生命，就要从源头上防止因出错而造成危害的可能。极有影响的"墨菲法则"的极端表述就是：如果坏事有可能发生，不管这种可能性有多小，它总会发生，并造成最大可能的破坏。

故乡

荀子在《礼论》里说:"过故乡,则必徘徊焉,鸣号焉,踯躅焉,踟蹰焉,然后能去之。"

故乡于我,回与不回,确实是如此。

想到故乡,总是让人放心的、欢喜的、有乡情记忆的,耳边仿佛又响起儿时伙伴们的嬉笑、呼唤。

故乡总是在静夜里出现,总是在闭上眼后滑落的泪水里出现,总是在杂乱无序的梦里出现,总是在似曾相识的幻觉里出现。看着天上的鸟儿飞过,那里有来自故乡的信息吗?听着窗外的蝉鸣,那是故乡的夏天吗?看着身边的路人匆匆，那是故乡外出的人们吗？而仔细看去，只不过是城市上空飞舞的纸片；仔细听去，只是急躁的司机按响的喇叭声；仔细想过，世间都是过客，何曾有过鸟儿、蝉鸣、故乡人呢？原来故乡只在心里。

天边飘过故乡的云。其实，故乡是要经常回去的，亲人们的期待和欢聚时的快乐是推动的能量之一，在水泥森林矗立、尘烟弥漫的喧嚣城市里孤寂而沧桑的生活体验，更加深了我们对故乡白墙黑瓦、自然风情的向往。

在故乡，黄昏的时候，家家户户会有袅袅上升的炊烟，我会沿着田间地头慢慢地走、散散地看。看油菜花开，闻稻花飘香；看麦子青了又黄，闻田土被翻过的清香。看赶着牛归家的老伯，想起我们的童年，拉着在青草山上边走边啃噬青草的牛，看着它不忍归栏的样子。还想起奶奶笑眯眯地数着、看着鸡一只只进入篱舍。最可爱的是两只大白鹅高昂着脖子一摇三晃，骄傲得像公主，带着一群低眉顺眼地跟在后面的鸭子。黄昏的水塘里有那漫卷的夕照、高天的流云。一阵微风吹过，那些微微皱起的水波就顺势将水面的夕阳、云朵和树木的投影给揉碎了。这时，我会弯腰捡起几块碎瓦片，投向河面，看着瓦片在水面上跳跃，一路溅起水花，荡起无数个小的波纹，慢慢漾开去，汇合成细碎的水纹，终于平静下来，水中的画面又深沉暗淡下来，我知道，天黑了。儿时的我们，担水、游泳、打水仗，乐此不疲。而今，这些人都天各一方；这些事，也只有这口下塘水才能记得吧。

　　故乡的月总是圆的，月色更是撩人。银河里的星星特别璀璨，月亮明净清澈极了。我们在月光下捉迷藏，抓萤火虫，听老人们说故事，望着昊天，做着梦，与月光相守，心里弥漫着温存和幸福。天与地苍茫却又亲切。而现实里的故乡，只剩下了一批老人和小孩。白天的故乡，是路边疯长的野草和几近一半荒芜的田地；晚上的月夜里，除了偶尔的几声狗吠和远处麻将场上的吵闹声，实在是寂静，实在是荒凉啊。

　　听那歌中唱道：

　　"柔柔如雪霜，从银河幽幽透纱窗/茫茫微风中轻渗，是那清清桂花香/遥遥怀里想，如茫然飘飘往家乡/

绵绵如丝的记忆，荡过匆匆岁月长……

"沉沉如醉乡，迷迷糊推开了心窗/微微清风中，是故乡那风光/盈盈惆怅中，曾彷徨依依看他方/谁曾情深叮嘱我，莫怨苍天怨路长……

"盼故乡，依旧温暖/并没有秋冬与夜凉……

"盼故乡，依旧可爱/绝无愁容和惆怅……"

"人生本无乡，心安是归处。"故乡原本的风景，就这样封存在我的记忆里。风吹始落，去妄即欢。每个人的心里都有一个最美的故乡，而故乡于我，终究是越来越远了。

又见清明

父亲站在我的床前，呼唤我，犹如儿时喊我吃饭或者上学。我哼了声答应着，一如以往在任何时候我对他呼唤我的回应。

在梦与非梦之间，有灵性的物质穿透了时空。父亲是在"走了"与"走好"之间徘徊吗？让我恍惚。我知道，有一种情感在心间，从未远去，却会在恋恋风尘中渐渐随风离散。我还知道，天若有情天亦老，重温我们的感动，大多已成过往。

2月15日，这是每年当中极为普通的一天。但当父亲把他自己走向人生终点的时刻与这个日子紧密联系在一起时，这一天，就成了我心上无法也不能绕过去的伤痛。

就在 2010 年的 2 月 15 日，他所有的形象就在那一瞬间冻结，所有的记忆都只能在我们的心里发出绝响。在他已经离开这个世界近五个小时以后，在我赶到他的身边呼唤他的时候，他一直半张的嘴才哈出最后一口气，决然合上。我想，他是知道他倔强的儿子回来看他了。

在父亲活着的时候，听母亲说由于我和他子午相冲，我不能像哥哥和妹妹一样喊他"大大"（安庆方言，意为父亲），只能喊伯伯。这倒让我从小就对父亲有种亲近感，以至于有恃无恐，做了许多让父亲很伤心的事情。当然，随后的惩罚是逐步升级的，这又拉远了我和他之间的距离，以至于后来不对话，只对抗。

几十年来，父子俩聚少离多，有许多话，等彼此见了面，竟是欷歔，无话可说。说出来的、听起来的，都是伤害，心会难过。

有多久不曾体会泪水无声、慢慢流过面颊，滑到心里的感觉,过心的地方,都留下一道道血痕。那不曾触及的硬痂,该是我们还没有、还不敢去触动和触摸的吧。

走过很多路,原来心里的路最长;看过许多人,到头来才发现,最难释怀的,还是被自己伤害、误解得最深的父亲;看过许多书,才惊慌发现,自己要的答案,竟是在所有书中不能找得出的;到过许多地方,回想起来的美丽,也只是因为人而灵动的悠长和错觉;爱过一些人,长夜漫漫,孤独中的落寞,却只有叹息声遥遥相传。

和我一样或不一样的人们,总是不断追寻自己对外的向往而忘记了对内心爱的守护,双眼让物质的享受蒙蔽了,在繁忙庸碌和繁华自得间挣扎。

每个人的过去建构着现在,每个人的现在也终究导向未来。应该说,每个人都有着自己的人生观和个性,自己战胜自己终究比较困难。对于父母心中的愿望,如果我们在他们生前就尽力去帮助他们实现,对于他们做错的事情,在适当的沟通、劝说中设法弥补,先遂愿,后言理,共同面对和化解矛盾、怨恨,在认识错误、改正错误的过程当中,何尝不是在爱和孝顺他们呢?每个人都有自己的缺点,对缺点的认识往往是要在现实中付出时间和代价的,须知,人生就是一个知错改错的舞台啊。只是这样的认识,非要在我们失去亲人之后才得到吗?

生活中,永远不要忘记爱你的人。回想起来,父亲对我是爱的,只是我从没有用他的方式去感受,甚至没有能够接受这样的爱。我对父亲也是爱的,只是我从来没有考虑他的感受,总是用自以为是的思考和言行演绎一些他完全没有读懂的人生情节。

一个过去了的清明节的上午,父亲看到我在外面擦着窗户,几近于自言自语地说着"活人尚且不要,还要祭奠什么死人"之类的话。遗憾的是,当时听完这些还冲父亲发火的我,后来才悟出父亲几近嘲讽的话语背后,却是看到我时的欢乐和期望我多多回去看他的心意。母亲后来说,父亲是带着怨走的,因为我闲时的疏于问候、忙时的不近人情。当初忽略的,是父亲的渐老、多病,总以为还有时间;而今遗憾的,是容颜模样,空转流淌,羞说善良。草长莺飞,依稀落花香流水;无话可说,而今想起已黯然。

二月之后,又见清明,待我洒水焚香,述说我对父亲、妹妹及爷爷、奶奶的思念,一句一殇,伏惟尚飨。

"远方有琴,愀然空灵,声声催天雨/涓涓心事,说给自己听/月影憧憧,烟火几重,烛花红/红尘旧梦,梦断都成空/雨打湿了眼眶,年年倚井盼归堂……我在人间彷徨,寻不到你的天堂……又是清明雨上,折菊寄到你身旁……"

火车就要开

　　立春时节，一早出来的太阳向人们报个到，就又躲到云层后面睡觉去了。阴灰色的天空下，只留下一幢幢相连而又孤独的建筑以及行色匆匆、表情木然的各色路人。

　　那天，我在车站的月台上等火车，风吹到脸上，却无丝毫的寒意。三三两两的人在抻着脖子看着火车来的方向之后，随即将他们的衣领往上拉了又拉，双手搓揉着，嘴里嘟囔着，不知是抱怨火车晚点，还是在咒骂天气依然寒冷。而我，站在阳光里，看着那两条白亮的铁轨，突然一阵伤感，一时间，不知道它们通向何处，也不知道它们会把我们带向何方。

记忆中的火车旅途，总是相互交替着疲累与兴奋。车窗外，有一闪而过却又迥然不同的风景，也会有自己置身于风景之中又自觉不能的些许微笑，更会有一时跳下车去融入某个场景的冲动。

坐在火车上，心就轻松不起来。哐当哐当的车轮响动，正如母亲在织机上穿动的梭子声，将时间、空间都浓缩在经纬分明的一幅白布上，只觉脑子里一片空白，有如失忆。

坐在火车上，经过站点、道口，看到月台上、栅栏边那些焦急等待的人，急不可待、争先恐后地上车、下车、穿过道口，轻摇了下头，却完全忘记了自己在候车时与他们有着同样的模样，想必也让某趟车上的某个旅客大声叹息了一回吧，这与我们的人生何其相似啊！有时，我们是围观他人的看客；有时，我们成了被别人围观的人，只是我们还没有来得及进行角色转换，种种心情也就在轰隆轰隆一路奔驰的列车声中淡化了、消失了。

坐在火车上，当火车在完全没有去过的城镇停靠时，幽蓝的灯光下，看到一个似乎熟稔且想念的朋友在月台上挥着手送人，在其一转身间，偏让我们目光相对相遇，连惊讶的表情都没有来得及做出，留得一窗的反亮映照出自己满脸的木然。火车启动，回头看去，只见一个有些木然地挥动的手臂混合着早年英俊的身影记忆，刹那间，被微驼、瘦削的身影取代。欷歔之余，他的身影在清冷的月台上拉得老长，渐渐模糊、消失。

记不得是用了几天，从合肥坐上火车，至西安、至成都、至重庆、至昆明，再从昆明返回成都至兰州旅行。若不是中途有事耽搁，就会一路西行至乌鲁木齐了，然后去哪里，我不知道，正如歌中所唱，"等到风景都看透，也许你会陪我看细水长流"。我也不知道别人是不是有这样的感受，一坐上火车，就觉得沉重，似乎一切都茫然未知，一切都变得变幻莫测，心里忐忑不安，却又总是充满想象。曾经有一段时间，住在房子后面就是铁道的屋内，每晚枕着富有节奏的车轮叩击铁轨的声音入睡，想着火车上那些怀揣梦想、南来北往的人；想着在山海关枕着铁轨安然睡去的诗人海子，想着他在即将睡去的间隙，是否想到了孟子所说那些具有恻隐之心等自然情感的人，"知皆扩而充之矣，若火之使然，泉之使达。苟能充之，足以保四海；苟不充之，不足于爱父母"；想着年少时一路沿着铁轨想从大西北走回来的我；想着火车载着多少的别离流浪，我的泪水就要止不住地流下来。

夫天地者，万物之逆旅也；光阴者，百代之过客也。而浮生若梦，为欢几何？天地世界，人是行者。火车来了，又开走了，带来了什么，又带走了什么，如人饮水，冷暖自知，也许谁都无心计量。春天一年年地来，又一年年地被夏天替换。有时，我们生活在聚光灯下；有时，我们又在黑暗的台下做拍手的观众。王阳明说："你未看此花时，此花与汝心同归于寂；你来看此花时，则此花颜色一时明白起来，便如此花不在你的心外。"恍惚中，又突然忆起早年看到的一段文字："多少岁月已为无知错过，多少是非恩怨不遗痕迹，多少青春啊、快乐啊，因为任性执着碾曲了。"

是啊，等到火车就要开，才仓皇自问，我要到哪里去呢？一路行走下来，于昨，激情已不再，于今，时光已模糊，不禁又茫然四顾，我到哪里下呢？

镜相

我常坐在绿地上,看眼前的高楼,看身边来来往往的汽车,看那些似乎熟又似乎不熟的匆匆闪过的脸,心底不时闪现着另外一些熟悉而又亲切的面孔,知道自己在这个时候很想看到心中的镜相,而大多时候是无奈地起身和转身。家乡和故乡,总在忙碌的现实里和梦想的回忆中回眸、交错、错过。

众多欲望的无限放大,看那些离乡背井的人的心变得越来越贪婪,越来越不能满足。许多时候,人们无暇顾及他们的亲人的内在感受,无法回味在他们守望的目光背后所流露出的哀怨和无奈，在他们偶尔停顿的脚步之间，才惊觉自己的孤单和可鄙。

盲目地攀比嫉妒，让人们的心在自己所制造出的戾气之中变得冷漠无比，也坚硬无比。只有在自己感觉到了无助和失落的时候才感到自己的可怜，也才能够感觉到真情的难得和可贵。

在爱中不断地索取，不停地放弃，让人们的心在患得患失中麻木、僵硬，从此不敢相信自己，更不相信别人。

我们知道自己到底在做什么吗？我们到底需要什么样的生活？我们是真的不能去想，还是不愿去想？每个人都在大潮的裹挟下，做着自己无奈而又无聊的妥协。大道理似乎都懂得，但真正心导如行，行正如思，大道通行，和而不同，又成为许多在路上的人难以平衡和把握的尺度。

没有"会当凌绝顶"的高度，自然没有视野的开阔；没有探心知心的深度，自然不能把握事物的本质；没有与众不同的角度，自然也就没有独辟蹊径的成功。

什么时候，我们真正用心看过自己、审视过自己、爱护过自己，认真用功地做好自己呢？

人生中，人与人的相逢和别离，都有着太多的因缘际会。很多人不知道是只顾放大眼前的快乐，而愿意缩小未来的痛苦，还是生来鲁钝，不去想那分分合合中暗含的信息玄机。等到哪一天，分开了，相聚了，想起来，明白了，一切却都太晚太迟。

每一年过得都似乎特别快。

时光如白驹过隙。许多人活在时光中，任意挥霍不能重新来过的生命。躯体易老，精神不朽，有所为，有所不为，心开一亩田，花香万物生，心静回首，心安向前，不奢望，不愧疚，幸福是不是也很简单？

人的谶语

我们每天都在选择生活，在自己想要的生活里辛苦地打转，既折磨着相关的别人，也摧残着疲累的自己。

有时候，我们不得不停下来，将始终对外看的眼睛放回到自己的内心，我们到底要什么？

有时候，我们又的确没有办法选择。我们不知道什么时候会被安排来到这个世界，更不知道什么时候以什么样的方式离开这个世界。活着，有太多的无常和不可知。所以，我们拼命地抓住可知和可见的东西，以为它们能够永久地陪伴自己。直到有一天，在一场"海啸"

之后，在一场离别之后，才发现，原来，它们依然是独立的个体，并不属于你我，所谓的拥有，只是生理和心理上的一次痕迹和一段记忆。人，是孤独的。

人有时候偏偏是耐不得孤独的。

在浮躁的社会大背景里，在烦躁的个人状态下，很好地生存和很好地享受成了推动每个人激发自身潜能、挖掘社会资源、把握社会机遇、疯狂表现自己的推动剂、发动机。上学本是为了学问，是为了提高，是为了认识真理，如今却被异化为对分数、对名校、对学历的膜拜。青年人进入社会之后才突然惊觉，十几年的学习时光，换来的是给那些早早到社会上磨炼打拼而成功的小学学历的老板拎包，迷失感油然而生。

在不知道自己到底要什么的时候，我们选择了感觉上的恋人，我们以为只要真心付出，就一定能够天长地久，当守着洋房、名车、巨款的时候，心却空了。当我们的心里一天天的感觉感情不是这样的时候，我们却已经没有多少资本去进行二次优化，感情、爱情成为许多人一时间的伤痛、一辈子的遗憾。意乱情迷的时候，我们忘记了自己内心真正的需要，而当我们回归到我们质朴的内在需求时，才发现自己和自己开了一个不大不小、不伦不类，甚至于不堪回首的玩笑。原来，自己从来就没有好好地看清楚过自己，而时光，却如白驹过隙，容不得我们从头来过，"让我们重新开始"只不过是给无奈的自己的一个安慰，仅此而已。

有时候，我们总在选择生活，其实，我倒觉得总是生活在选择我们。当我们为了享受物质生活而将自己当成一支利箭射向前方的时候，有多少生灵，看得见的、看不见的，有意识地、无意识地，有心地、无心地受到了多少伤害，都不是我们预想和考虑过的。当我们终于射到我们想要的猎物时，走近才发现，本来是一只濒死的兔子，却被我们原始的欲望放大成了一只大象。我们于是惶惑而不安。当我们期望回到内心的宁静，不为世俗的名利所累，不为情感的得失所困，不为内心的情欲所迷时，总要借助能够牵引内心归零的物象，去完成另外一种意义上的自我超脱和意念图腾。

一花一世界

花开的时候，有人记得，那是抖动在心底的颤音；醉酒的时候，有人记得，那是激发了他们瞬间的感动和豪情；在一个人孤单的时候，有人记得，阳光里、空气中，都曾经弥漫着两个人的甜蜜；在两个人孤独的时候，有人记得，他们，或者我们，却在品味一个人的落寞和惆怅。

有人记得，在黄昏的时候回想日出，在久雨不晴的日子盼望天晴；在遥远的南方思念北方，在北方的冬日里渴望回到南方的故乡；在安静的时候想流浪，在流浪的时候突然悲凉。不知道是这个世界变化太快，还是人心太过疯狂？

有人记得，孩提时候的誓言，在一个个日子的重复中，不断地在自己的内心被稀释和淡化。镜子里的满头白发，诉说着自己正在经历的一个又一个貌似神话的笑话。

有人记得，相爱时候的诺言，在他们，也在我们的心里逐步变化，雨打风吹去。模糊的画面一幅幅，再也找不到可以定格的焦点，任由心在时光之河中老去，微澜不起，激情难再。

有人记得，我们身体上的某一个特征，那是用来定位内心的位置，盛放欢乐记忆的流年；有人记得，思念，像是用记忆中的镜头串成的画面，不管你愿不愿意，都会不经意闪现在他们乃至我们的眼前，那些好、那些坏、那些心动神摇、那些人、那些事，心欲动身已疲，才知时光如电，再也回不到从前。

记得的，是动感的历史；不记得的，是静默的伤痕。许多时候，不是我们不记得，而是我们害怕自己记得，也害怕有人记得。

花开无声，一花一世界；时光不语，月涌大江流。人生倥偬，有人记得，也有人不记得。有人选择失忆，有人选择回忆。不记得的总归是要经常独自想起，而记得的，也总在渐行渐远中风干、淡化。

油菜花丛中，只有蜜蜂在不辞辛苦地劳碌，在不计回报地劳作，而看油菜花开的人，终究只是它们眼中的一个过客。正如诗中所说的那样，"年年岁岁花相似，岁岁年年人不同"，仅此而已吧。

正反两面，视角不同，效果和结果也千差万别，也许，这和每个人的人生也都不一样是一个道理！而一种大度、一种豁达、一种割舍、一种放弃，是一个人真正的能源所在，也是体现其大慈悲心的智慧所在吧。

人人皆可为尧舜

在世间，和我们关系最密切的是什么？家庭、亲人、财富……事实上，和我们关系最密切的，是内在的"心"。无论我们做些什么，必然有各自的心行基础，必然离不开心的参与。我们的心善良，所以会行善；一旦起了恶念而不能自控自化，必然会作恶。

我们快乐，是因为拥有能创造快乐的心。快乐不过是一种内心的感觉，真正使我们快乐的，是我们的心，而非环境。如果我们没有能快乐的心，再好的环境也无法使我们快乐。我们烦恼，也是因为我们拥有会制造烦恼的心。同样的清风明月，心情好的时候，会使我们怡然陶醉；心情不好的时候，却会使我们感到萧瑟肃杀。

这一生，我们会做很多事。在做事的过程中，我们不仅成就了外在的事业，同时也成就了我们的心。我们每做一件事，都会得到两种结果：一是外在的，一是内在的。事业的成就是短暂的。当我们离开这个世界时，再辉煌的事业也不得不放下。但心中留下的善恶种子、积累的心行习惯，即使我们想放也无法放弃，就像阳光下甩不掉的影子。

"心"是怎样培养出来的？我们每天运用什么样的心做事、生活，就是在培养什么样的心。每一种心行，都是逐渐培养起来的，所谓冰冻三尺非一日之寒。我们对爱情、事业、金钱的贪婪又何尝不是如此？我们将事业、金钱作为生命的依赖、人生的支点，一旦对象发生变化，似乎心一下子悬空了，无处安放，也就不可避免地感到失落乃至绝望，自然就失去了重心和平衡。

其实，生命本身是圆满的，是自立并具足一切的，不需要任何外在的依赖。但无明带来的贪心，却不断怂恿我们寻找外在的依赖。不幸的是，任何外在事物都是不可靠的，是无法永久依赖的。所以，我们在寻找的过程中，内心始终没有安全感。我们的身体、家庭和事业，哪一样是永恒不变的？我们每天都可以观察到无常，但无常并未使我们警醒。相反，无常往往使我们更加执着，似乎执着就能抵挡无常到来，并使我们执着的对象变得坚不可摧。

我们的贪心，就是在不断生起贪心的过程逐渐壮大的，并最终使我们自己成为贪心的受害者。贪婪之心带来的危害，与贪婪程度是成正比的。我们也在不断培养我执，每做一件事，无不介入自我。其实，一件事从开始到完成，只是缘起的过程。我们执着于其中有"我"，完全是出于错觉和不良习惯。

生命的延续，只是缘起的相续。但在我们的意识活动中，我们却不断从"我"出发，不断介入"我"，不断巩固"我"。成功时，会认为是"我"成功了；失败时，会认为是"我"失败了。如果不介入"我"的成分，只是尽心尽力去做，成与败，就不会对我们造成什么伤害。因为事业成败也是缘起的,明白了这一点,我们就能在"因上努力,果上随缘",而不致为执着所累。

我们处处张扬自我,可是自我又是什么?以自我为中心,将我们和他人对立起来。有了强烈的自我观念之后,我们当下就和整个世界成为对立的双方。我代表着一方,而整个世界则代表着另一方。现代人常常感到孤独。当你的世界只装着你一个人时,你当然会感到孤独。如果你和整个世界、和众生是一体的,你就不会感到孤独。

我们做任何事,关心的只是结果,却很少考虑是以什么心在做。事实上,以什么心做事,最后成就的就是什么。真正伤害我们的,是我们的心,而不是客观环境。所以,当我们对他人产生嗔心时,首当其冲的受害者就是自己。只有在这种破坏性的心态传达出去并付诸行动后,才会进而伤害到他人。

在无尽的生命流转中,我们一味地追逐外在事物,不断地培养贪心、我执、无明等种种不良习惯,由此形成坚固而巨大的凡夫心。

生命是无尽的积累。生命的起点也并不相同。在无尽的生命长河中,在生生死死的过程中,有的只是低级重复,有的则是高级重复。生命不是单一的,而是多层次的。孟子说"人人皆可为尧舜",就是说,在我们的生命中具有可以成为尧舜的高贵品质。但他还说过"人与禽兽几希",可见我们生命中还有和禽兽一样的低劣品质,一不小心就会成为衣冠禽兽。

我们目前还停留在生命的低级层面。尤其在今天这个社会,有些人追求的只是声色、财富,只是生命的低级重复。有人向往成为贤哲之士,追求的是哲学、精神;而有人希望成为亿万富翁,追求的是经济、物质。这两种追求,充分反映了不同的价值取向。

很多人觉得现代社会太复杂,但从另一个角度来看,现代人也更单纯。单纯到什么程度?单纯到只有声色、财富。我们追求的是什么,重复的就是什么,最后成就的也必然如是。

人性是在不断重复中形成的,所谓"种子生现行,现行生种子"。每个心理的形成,也像学外语一样,是通过不断重复来加深印象，逐渐掌握。人性中有高级和低级的层面，但我们一般追求的是低级重复，而忽略了生命中本有的高尚层面。但我们要知道，人性中高尚的层面，才是生命中最可贵的。

外在的一切，都是我们内心投射的影像。每个人所追逐的，都是自己制造的影像，是自我附加的执着，并不是像我们以为的那样，有实实在在的客观对象。

如果我们能打破自我执着，意识到个体和众生是一体的，就能开放封闭的内心，接纳一切人，并对一切有情生起慈悲之心。如此，在惠及他人的同时，也是在成就和完善自身的高尚品质。

世上并没有什么救世主，只有我们自己才有能力对自己负责。但是，如果我们一味沉溺于凡夫心中，也无法对自己负责。因为处在烦恼中的我们，根本没有能力自主。我们不敢面对自己的内心，甚至不敢闲下来，只能不停地寻找外在的声色刺激来麻醉自己。在现代社会，我们早就迷失了自己，就这样糊里糊涂地来到这个世界，又糊里糊涂地离开。

对很多人来说，人生不是太短，而是太长了。因为他们一生都在想方设法地消磨时光，做种种毫无意义的无聊之事，甚至是害人害己的恶行。他们不曾想过，今天所拥有的人生过去后，未来生命将会去向何方？

人生，就是我们今生拥有的唯一资金，而这笔资金又是有限的，我们是否做了正确的投资呢？算起来，我们一生可以使用的时间并不多。除去少年懵懂的日子、年老精力不济的岁月，还有吃饭、睡觉，剩下的时间又有多少？

是日已过，命亦随减。我们要时时刻刻意识到人生短暂，才能生发起精进勇猛之心。任何事情，不是为了学而学、做而做，而是帮助我们利用有限时间来改善生命。否则，一失人生，万劫不复，何日能再得到这样殊胜的人生啊？

世　相

爱情向左 婚姻向右

感情问题始终困扰着生活中的人们，人们得以梳理的渠道看似很多：网络论坛、朋友、家人、情感热线等，实际上并不能很及时有效地解决问题。情感话题一次次出现在公众的视野里，把许多人心中的隐痛，表露无遗。

有人说，生活中很多人都碰到过挫折，不可能都表现得歇斯底里。

恋爱中的两个人在一起，一定是经历了许多，选择结婚更是下了很大的决心的。

一个人在生命当中会经历很多阶段，在不同阶段都会遇到一些意外和突发的事情，情感只是生命当中的一个主题。同样的事情发生后，为什么人与人处理的方式会不一样？心理学当中有 ABC 理论，A 代表事件，C 代表结果，通常人们都认为是事情本身导致了事件的结果。但是心理学家认为，不是事情本身导致了结果，而是中间的那个 B，它代表我们的信念、我们的想法、我们对人生的态度。

在现在的社会当中，人们的感情生活变化很快，许多人自身也充满了冲突和矛盾。婚姻、感情出了问题，一方面希望重修旧好，但是另一方面又有一个声音说，凭什么我要这样？

其实，选择将爱的人推得更远还是拉得更近的人，是我们自己。爱一个人，并没有权利去要求对方同等地爱自己。自己爱一个人，也没有权利要求对方完全符合自己的期望和期待，甚至也没有权利要求对方为自己的快乐人生负责。任何时候，单方面期望对方改变而自己从不去做任何调试的婚姻都将以悲剧收场。

情感的本质，是找到一个让我们感觉良好的个体，跟对方在一起就是觉得快乐，自己要接受并喜欢对方本来的样子。每个人都有可能在感情世界里遇到问题，我们要在事实面前提高经营婚姻和感情的能力。

爱是你知道我哪些地方做得不够好，我也知道我的伴侣在哪些地方达不到我的要求，可是我会很包容地看到伴侣仍然在努力，有责任地用心帮助彼此渡过心理和生活中的难关，两个人携手前进。

什么样的人懂得谈恋爱？有独立人格的人。体现在婚姻生活中就是，发生冲突时，每个人都可能受到伤害，这个伤害可能不是对方给的，而是往往来自失望。如果还珍惜这段缘分，还希望两人能在一起，就要积极地投入并且动员双方正确面对，朝积极的方向解决和发展。

抱怨和鄙夷，是损害婚姻的两大杀手。在感情中，从来不去反思，固执地坚持自己不合情理的期待，即使对方有不合情理的错误，也能够自欺欺人地原谅对方，也给了对方再一次损伤彼此感情基础的机会；不能够客观地帮助对方认识自己，一味地宠爱到没有原则；不了解对方对自己的感情，在不能够有效互动的情况下而一厢情愿，最终受到伤害不能自拔；变本加厉地对对方的正常或者非正常朋友产生嫉妒心理而不能有效缓解，导致婚姻解体；不能客观分析对方的信息而盲目信任，以至于自己是最后一个知道早已被对方厌倦，为了孩子，为了家庭，又不得不无可奈何地接受事实……这些都是现代婚姻和感情中的"甲醛"。

爱他人和爱自己是成正比的。所谓爱自己的能力，是指我知道怎么样对自己好，我不会做一些明知会伤害自己的事，我能够照顾我自己情感的需要，我不把不快乐的原因放到别人的身上。

用心呵护感情的发生和发展，懂得梳理和接受感情因为不适应而产生的变化，了解他人，尊重自己，享受快乐，创造价值，是放生命在生命之上的唯一考量！

婚姻中的信任

有一种观点认为，婚姻比较稳固，夫妻双方至少要在六个方面无条件地确认：我相信并且期待你会对我保持忠贞；我相信你不会抛弃、伤害或者控制我；我相信你爱我不是出于别有用心的动机；我相信你把我们的婚姻看作是最重要的；我相信即使你面对冲突、异议和愤怒，也不会抛弃我；我相信自己也会同样对待你。

夫妻之间，务必珍惜双方之间存在的信任。一个人信任你，那是对你最高形式的肯定，请务必检点自己的行为，不要辜负这种信任。这种信任一旦被破坏，就很难弥合。即使最后不至于分道扬镳，两人之间也会筑起一道高墙，挖出一条鸿沟，永远难以逾越。

人在期望值过高而突遭破灭时，会产生一种不理智的激烈反应，这种不理智会促使人做出让自己后悔的决定。

感情破裂了，或许还能想办法弥补；人格破产了，那你就休想弥补什么了。人格没破产，夫妻做不成还能做亲人或者朋友；人格一旦破产，那就只有陌路人可做。爱情从希望开始，由绝望结束。死心了，就是再不存有任何曾经有过的希望。

现代人喜欢讲究个性，讲究自我，但既然走进婚姻，那就必须为自己的选择负责。婚姻里更多的是责任，选择了婚姻就是选择了"我们"，而不是"我"，就必须做好"我"服从"我们"的准备。既然我们准备成为夫妻相守一生，那么，就得把"我"这个字变小，让"我们"这两个字变大，无论做出什么决定，都要相互先考虑"我们"，再考虑"我"。家庭必须是一个整体，个体必须服从这个整体。婚姻和爱情，不完全是理性的行为，感性同时也起到决定性的作用。感情，有些人却并不在乎对与错，只有接受还是不接受的观念。女人要想被人尊重，首先必须自重。一个女人只有摆脱了依附男人的心态，才能真正地独立自主。有很多女人对爱情失望，其实是抱有索取的心态，为自己想得太多。同样，男人觉得找不到爱，很多时候也仅仅是找不到肯为自己付出的人。他们不知道去琢磨这句话：没有人会替谁生活。

关于感情脆弱之说，归根结底，都是不肯看到对方的付出，只计较自己的付出。如果懂得感恩，那么便一切都不同。学着看到对方的好，这才是幸福感的基准。所以如果爱一个人，那就爱整个他，实事求是地照他本来的面目去爱他，而不是脱离实际，希望他这样那样。

还有一种最常见的对爱的误解，就是将依赖当成真正的爱。这种人只是苦思如何获得他人的爱，甚至没有精力去爱别人，如同饥肠辘辘者只想着向别人讨要食物，却不能拿出食物帮助别人。他们寂寞和孤独，永远无法体验到满足感。

夫妻不但不应追求什么所谓的"距离美"，反而要更加注意夫妻二人的沟通与拉近。两个人之间互相关注，同进同退，确保双方朝着同一个方向或者目标努力，快的还要等等慢的，慢的也要努力赶上，不拉开和拉大距离。不要想做对方的附庸或者宠物，而是获得对方发自内心的欣赏和尊重，不是把对方看作高高挂起的花瓶，站在一定距离外欣赏，而是看作生命中不可或缺的一部分，这样才能相伴一辈子。

如何建立与自我的连接

每个人,都应当建立与自我的连接。

第一,用心有爱地爱自己。

每个人先在心里问自己,你能给自己归纳出三条主要的特点吗?你对待自己的时候,是否善良?是否真诚?是否用心?如果不能肯定,就是跟自己也不能百分之百地建立连接。自我的连接意味着摆脱对外界、对他人的依赖,用心有爱地接受万物的变化和自己的成长,用心去体验角色变化中,与角色所对应的关系。很多时候我们感觉到原生家庭的影响,只是自我影子内化后的自我。

我们抱怨别人,实际上是对自我的一种不接纳。

如果一个人足够爱自己,他就不会去伤害自己。一个不断伤害自己的人,他是没有能力去爱别人的,所以他总是在索爱,总是在指责,总是在埋怨,总是在怀疑,也总是在退缩。所以这样一个没有建立自我连接的人,对外就总是将自己强化成一个受伤害的人——没有归属感,不被需要,价值得不到认可的人。一方面不停地付出爱心,一方面又不断地自我封闭。对外悲悯,对内不知道如何去爱。这些可以说都是跟自己没有建立好的连接的原因和表现。

第二,自我的认可——接纳并喜欢自己。

很多人害怕自己不完美,对自己的要求高。为什么对自己的要求高呢?是因为你在不了解自己的情况下对自己提要求,是按照社会的眼光和他人的标准来要求自己。这种压力当然就强了。你要把自己往很多的框子里去装,长了就要委屈自己矮化,短了就要拔高自己。那都不是真实的自己,却又因此形成过强的自我防卫机制,只为不想让自己再度受伤。所以就可能会虚伪,但同时他又喜欢别人虚伪。为什么那些人总能一眼就看穿别人的伪装呢？因为他自己就把自己伪装起来了。一个不善于伪装自己的人，很难看穿别人的伪装。

第三，自我的成长。

我们的角色不断地发生着变化。如一个女性由一个涉世不深的小女孩，到女人，到母亲，到祖母等家庭角色的转变，还有职场的角色的转变等，在这些不同社会化角色的"衣服"上更换。相对应的是，穿衣服得适应季节气候变化。冬天还穿着夏天的衣服，合适吗？这就是角色与关系没有理顺。我们总喜欢去塑造他人，总是把我们期望的强加在他人身上，并要求他人按照我们喜欢的样子呈现出来。这样做是正确的吗？

我们说内隐和外显。心理学里说镜像或者映射。外显的东西是内隐的期待和渴望。如果被满足了，你就感到很幸福；如果没被满足，你就感到很郁闷，又想到外面去寻找。有时候，外显出来的个性和情绪恰恰是以内隐的反面表现出来。所以，有些时候我们面对身边的亲人往往视而不见，满脑子想象的都是一个能满足你期待的社会人，生活就会一错再错。所以说，自我的成长是需要理顺自我与角色的关系。我们的角色发生了改变，就应当去梳理与这个角色相对应的关系。比方说母亲就应当以母亲本身的样子出现。你去要求儿子呢，就是按照儿子本身的样子去要求。就像你给儿子做一件衣服，你非要按照你想的样子去做，结果他不是穿大了就是穿小了，或者不喜欢穿。你觉得你这样的爱心是自私呢，还是真爱呢？

第四，自我的完善。

自我的完善需要观心调念，这是深层次的方向导引。对自己有一个很严格的要求，需要对自己有一定的智慧的觉察，才能做到大我和存在的统一，自我的完善，自然呈现。

家庭的互利互生

"家"字，宝盖头是遮风挡雨的，下面一头猪，表示丰衣足食，有的吃，有的住，有基本的生存安全保障。家是轻松的、自在的、散漫的，是可以随便唠叨的地方。它内在的含义是什么呢？是简单、安全、稳定、有归属感的地方。

家承载了人的两大需求：生存的安全感和幸福快乐的满足感。人不可能只是吃饱喝足，还有很多心理需求，需要爱与被爱及爱与被爱产生幸福快乐感。

男人和女人组合，然后各自承担着家庭赋予的责任。

男人和女人因为相互的情爱、承诺和责任结合成立家庭，那他们的角色除了本来的男女的角色，又有了丈夫和妻子的角色，之后有了爱的果实——孩子，各自又有了父母的角色。这样就形成了婚姻家庭的关系。这是符合自然规律的。

"有利于"很多时候是人际交往中的一种基本模式，在家庭中同样适用。每个人生命当中都有一些缺口，也许你的缺口，别人正好能给你补齐。人与人之间怎样才是互利的？那就是既不给对方定性，也不给对方定型。

当你不给对方定性也不给对方定型的时候，就是欣赏性的包容。你在欣赏一个人的时候，实际上内心已经把对方包容到自己的心里去了。如果我爱他人，我应该感到和他人一致，而且接受他人本来的面目，而不是要求他人成为我希望的样子。所以，接纳每个人做他自己，接纳自己，也勇于表达自己。

我们要勇于表现，勇敢表达。因为你在表达的时候，实际上就把你的感受告诉了对方，把你的情绪、你的情感、你的需求告诉了对方。你一旦告诉了对方，对方有可能一两句话或者一两个行为就能把你原来的这种初衷提升，这叫提升性互动。我们很多时候会有一种茅塞顿开的感觉，这个就是互利，在跟对方互动的过程当中，你也受益了。但是当你没有把自己的感受、情绪、情感和需求告诉对方的时候，对方就不会知道你的情绪。

家庭的互利模式怎么体现？就是总是去发现，总是去感受，总是去关心，总是去关注，总是去关爱。这五个"总"做到了，互利模式就达到了。

互利模式达到了，就很容易进入互生模式。

互生模式实际上是你滋养我，我滋养你，就是相互滋养。

很多家庭没有互利模式是因为它没有互生模式，不能相互滋养。如果我们在做事之前设立了一个要求，给予对方一个标准，对方有时候看似有选择，实则没的选择，那么对方一定会产生愤怒。

互生模式一定是建立在相互提升的基础之上。相互提升就是我能够帮助到你，你能够帮助到我，然后我们俩之间的这种互补又能够滋生出新的东西来。你的思想给我，我的思想给你，我们俩之间的思想碰撞，产生新的思想，是更优化、更有效、更有创造力的新思想。所以说思想唤醒思想，生命点燃生命。

  一个互利、互生的家庭，一定是一个能够带给你足够安全感的居所。

我们该如何定义爱

爱一个人,就是应该陪伴、关注、夸奖、理解,在需要的时候出现,在无助的时候满足。有时候就是一句话、一个简单的动作。

如果让一个人把一块重重的石头举高,没有一会儿他就会放下来了,因为他觉得累,或者认为没有必要举起。如果让一个人举一支铅笔,他肯定能举起来。但是能举多久?也许是十分钟、半个小时,那半个小时后呢?如果让一个人时而举起,时而放下,他也许能举一生一世。如果要求他一直举着,或者随时被检查自己是否举着,他又能举多久呢?

有一句话叫"路遥无轻物"。你挑五斤重的东西,走十米八米不觉得重,那一百米两百米呢?越挑越重。在表达爱方面,只要伴侣能偶尔做到,你就要及时地看到、夸奖、鼓励、支持,这样对方就会逐渐把偶尔性做到变成习惯性做到。但人们往往对习惯性做到的事情并不珍惜。所以"一直"的意思其实是"时刻待命",当你需要,对方就要做到。

其实一个人愿意为另外一个人付出,不仅需要爱,更需要能量。当你疲惫的时候,有心事的时候,也许就什么都不想做。此刻就是没有能力、没有精力、没有心思去付出。爱,是一个动态的过程,并不是 24 小时都在发生。爱是一种状态,有时候充盈,有时候干瘪。也许对方有时候只是希望一个人,如果此时你把索爱换成空间陪伴与时间独享呢?那就是你给对方空间,让对方感受到你的关爱。

人不可能每天 24 小时心理能量饱满。有时候恰好在你需要的时候匮乏了,不想爱;有时候就是没有能力体察到你的虚弱和匮乏，总是认为你此刻不是真的需要；有时候自己也有创伤，即使想给予爱也非常困难。所谓天长地久，就是这样的状态被允许持续。

每个人需要的是成长，是爱自己的能力，是放下不被满足就容易感受到的绝望，是放下"此刻即永恒"的心。当对方给出爱的时候，你安然地去享受爱与被爱；当对方给不出爱的时候，你会用自己的爱为自己补上；当对方不能爱自己的时候，你去爱对方，让对方安然地享受被爱。所以，爱与被爱不仅仅是索取。你给对方的正是对方想要的，对方给你的也正是你想要的，这才是爱。所以爱是一个互相满足、动态平衡的过程。成熟的爱，就是发现这个世界和对方都不完美，但是依然选择去爱，而不是幻想着得到一个完美的爱人。

给孩子一个幸福家庭

婚姻是什么？婚姻是各种关系模式和观念组成的组合体。家是什么？是放在心上、刻在骨子里的爱与温暖。

好的婚姻才能成就好的家庭，好的家庭才能孕育好的儿女。在实际生活中，家庭也有多种类型。

双亲家庭。一是双在家庭，就是父母跟孩子都在，父母跟孩子情感关系连接都很好的家庭，这个家庭关系中的能量在有序循环。双亲家庭的孩子在能量流动的情况下，孩子爱爸爸妈妈，爸爸妈妈互爱，爸爸妈妈一起爱孩子，这样的家庭是完整幸福的家庭。二是双控家庭，父母情感关系连接淡漠，两个人都试图控制孩子。双控家庭的爸爸妈妈情感关系淡漠，看不见对方需求。孩子会在两人的不同诉求中产生种种矛盾的心理和行为。

父缺/母缺家庭。父母完整，但父亲或母亲因各种原因缺位，孩子只能和其中一位建立情感联系的家庭。在这一类家庭中，孩子在某方面的心理能量是缺失的。

由于种种原因，还会有些家庭由双亲家庭变成单亲家庭。若两个单亲家庭再次组合，又会形成再生家庭，等等。

孩子是家庭关系中的一个重要支点，而组成婚姻家庭关系的全部要素必须是家人之间在了解、理解对方的基础上支持对方，在接纳、包容的基础上欣赏对方，在归位、守位的基础上与对方合作。只有拥有平等互爱的家庭关系，孩子才会感受得到幸福。

在家庭中，要让孩子懂得：爱，是甘愿守候，不计较得失，无刻意装饰；爱，是始终相守，不轻易抛弃，坚持在一起；爱，是遇见最好的自己，完善最美的自己，发现智慧的自己！

在家庭中，家人需要去掉以自我为中心、唯我独尊的心理，去掉单向合理化思维模式，去掉半信半疑的妄想，去掉将信将疑的分别，减少生活中的摩擦。

家人之间多一些欣赏、包容、赞叹，就是在家庭的幸福账户上增加存款，这样，你就能为孩子创造一个欢喜、成就、智慧的好家庭，一个圆满、圆融、圆通的好家庭！

用爱的心灯点亮孤独

　　心灵种子创造了现实，用心有爱地活出你的生命，需要你不断地去觉察爱是生命的本质。

　　所以，对于亲人朋友来说，你飞得高不高不重要，你飞得累不累才最重要。正如小孩子用尽了所有手段，表达自己的痛苦，也许只换来妈妈的训斥。这是因为她忘了自己做小孩子时候的感觉了。我们往往成长着成长着，就忘了曾经的我们！

　　妈妈很想爱，我想，如果妈妈那一刻有能力体验到了婴儿的感受，她一定会选择拥抱。可惜婴儿不懂用妈妈能理解的方式表达。

我们在爱着别人的时候，是否想过对方真正想要的是什么？真正是对方合适的吗？如果不是，也许正是因为我们的爱，让对方难受、煎熬，甚至无法承受，最后走向极端。很多时候，我们为爱付出了一切，最终却发现仅仅是感动了自己。

爱，本来是世界上最美好的东西，也是让这个世界变得更美好的东西。爱，绝不会自然消失，爱会因无知、错误和背叛而消亡，会因厌倦、挖苦和玷污而逝去。

你所看见的世界，反映出你自己的内心世界对外在的投射。人的内心一旦被黑暗覆盖，光明再也无法照进。在疗愈过程中，身心不可分离，因为它们本是一体。

通过找寻内心的快乐之所，快乐终会消除痛苦。

对于负面心理状态中的负面能量，我们需要对其进行长期的清理和释放，每一次的清理和释放，都会削弱这种负面能量的控制力。

当然，对于负面能量我们不可能只清理一次，就把它的控制力彻底清除掉了，在外界环境，乃至心灵内残余负面能量的影响下，它很快又会卷土重来，重新聚集起强大力量，所以，我们需要不断地、长期地对其进行观照、清理和释放，一次次地释放就是一次次地削弱，根据心理状态的模式化、定势化作用，负面能量最终会失去它的控制力。

　　当你没有感受到爱的时候，并不代表爱不在身边。因为每一个人表达爱的方式不同。当你受伤的时候，并不代表别人故意伤害你。

　　没有什么比温柔更坚强，没有什么比实力更温柔。因此一个智慧的人要清楚自己的需求，也清楚对方的需求，给对方想要的，听对方想说的，说对方想听的。这是为人之道。因为你只有考虑到他人的时候，他人才会看得见你。